이름 없는 전쟁

이름 없는 전쟁

유재원 소설

이름없는 전쟁

초판 발행 2025년 9월 26일

지은이 | 유재원
발행인 | 김차중
발행처 | 도서출판 글촌
출판사업본부장 | 김현수
인쇄 | 예원프린팅

신고번호 | 제2022-00235호
주소 | 서울특별시 마포구 양화로 133 서교타워 708호
전화 | 02-325-3725
전자우편 원고투고 | hanll@naver.com

ⓒ 유재원, 2025

ISBN 979-11-981313-6-2 (03810)

- 이 책에 실린 글과 이미지는 저작권법에 의해 보호를 받는 저작물입니다.
- 파본은 구입하신 서점에서 교환해 드립니다.
- 책값은 뒤표지에 있습니다.

차례

- 8 | 1 동학 민중 봉기
- 24 | 2 청나라 군대의 진출
- 44 | 3 일본 군대의 진출
- 102 | 4 청일전쟁 성환전투
- 194 | 5 못다 한 이야기

| 참고 문헌
성환전기(成歡戰記)
디지털천안문화대전

1
동학 민중 봉기

동학 민중 봉기

　청일전쟁은 동학 민중 봉기를 조선내전(朝鮮內戰)으로 단정하고, 청나라와 일본이 조선 지배권을 놓고 1894년 7월 25일부터 1895년 4월 17일까지 벌인 전쟁이다. 이때 청나라는 조선의 종주를 주장했는데 일본이 이를 인정하지 않아 결국 무력 충돌로 이어졌다.

　바람 지나고 비 지나간 가지에
　바람 비 서리 눈이 다시 몰아쳐
　바람 비 서리 눈이 다 지난 뒤
　한 나무에 꽃 피어 영원히 봄이 오리라.

"수도는 하느님의 기운과 하나가 되는 것이고, 무궁한 나를 이룩하는 것이다."

영부(靈符)는 사람들을 질병에서 건져주고, 하느님을 지극히 위하는 글인 주문(呪文)을 외움으로써, 하느님을 모시면 놀라운 능력과 슬기를 얻을 수 있다. 이 주문의 끝부분 13자는 이렇다.

시천주조화정영세불망만사여
(侍天主造化定永世不忘萬事如)

하느님을 모시면 조화가 체득되고 하느님을 길이 잊지 않으면 만사가 깨달아진다. 수운 최제우가 '인내천' 교리를 완성함으로써 동학이 시작되었다.

이 무렵 조선은 세도가 풍양조씨와 안동김씨의 부정부패로 망국의 길로 가고 있었다. 이들은 돈을 받고 양반의 신분을 팔았으며, 그뿐만 아니라 돈으로 과거시험에 합격하였고, 돈으로 고을 수령을 샀다. 그리고 자신의 자리를 보존하기 위해 죄를 조작하여 백성들을 철저하게 수탈하였다.

　나라가 망하려면 반드시 썩은 관리가 먼저 나타난다. 썩은 관리들이 백성을 괴롭히면 백성은 관리들에게 저항하기 위해 뭉친다. 그래서 백성의 뜻은 하늘의 뜻이고, 하늘이 곧 백성이라고 하였는데, 이를 동학은 '인내천'이라고 하였다.

　동학 창시자 최제우는 자신이 데리고 있던 두 여종 중 한 사람은 며느리로, 또 한 사람은 딸로 삼았다. 남모르게 높이 날고 멀리 달아남의 사상 고비원주(高飛遠走)을 몸소 실천한 것이다.

　'아이들을 때리지 말고 사랑으로 키우라. 우리가 지친 까닭은 다른 사람들을 먼저 배려했기 때문이다.' 어린이와 가난한 이웃을 벗으로 삼았던 수운 최제우의 제자, 해월 최시형은 1898년 6월 2일 한성 감옥에서 사형당했는데, 이때 교수형을 선고한 재판관이 4년 전 1894년 동학 민중 봉기 원인을 제공한 전라도 고부군수였던 조병갑이었다.

　양반과 관리들의 부패한 탐욕에 불만이 극도로 쌓여있을 때, 전봉준 아버지 전창혁이 고부군수 조병갑의 탐학에 항의하다 곤장을 맞고 한 달 만에 숨지는 사건이 발생했다. 1892년 4월(고종 29년) 전라도 고부군수로 부임한 조병갑의 비리와 범죄인에 대한 형벌권을 면죄하거나 형벌로 상실된 자격을 회복시켜 주는 행위인 남형이 도를 넘자, 1894년 2월 15일 울분을 참지 못한 동학 농민들이 고을 훈장과 약재상을 운영하는 전봉준을 영도자로 추대하고 고부 관아를 습격하였다. 동학 지도자, 동학교도, 농민들에 의해 일어난 백성의 무장봉기였다.

그러자 조병갑은 관찰사 김문현이 있는 전주 관아로 야반도주했다. 조병갑이 4월에 다시 고부 관아로 돌아오자 동학 농민들은 다시 봉기하였고, 5월 11일 전봉준, 손화중, 김개남 등이 이끄는 4천 명의 동학농민군이 전북 황토현에서 관군과 격돌해 크게 이겼다. 그리고 6월 1일 전주성을 점령하고, 동학 농민 지도자 20명이 모여 사발 모양으로 둥글게 참가자 명단을 빙 둘러 적어 주동자가 누군지 눈치채지 못하게 하여 다른 사람에게 알리는 문서를 칭하는 사발통문을 작성하였다.

사발통문

고부성을 점령하고 조성갑을 목 베어 죽일 것

군기고와 화약고를 점령할 것

군수에게 아부하여 백성을 침탈한 탐리를 엄하게 징벌할 것

전주 감영을 함락하고 한양으로 곧바로 나아갈 것

동학의 이상이 사람이지만, 청일전쟁 이후 조선이 달라진 것은 청나라 속국에서 일본 식민지로 바뀐 것뿐이다. 1894년 11월 27일 공주 우금치전투에서 패한 동학농민군 영도자 해몽 전봉준은 순창군 피노리로 피신했다. 하지만 옛 부하 김경천의 밀고로 1894년 12월 2일 관군에게 체포되었다. 한양 종로 사거리에 있는 전옥서에 갇혀 있다가 1895년 4월 24일 효수되었고 잘린 목은 길거리에 내걸렸다. 이때 손화중, 김덕명, 최경선, 성두환이 함께 처형당했다.

전봉준 절명시

時來天地皆同力(시래천지개동력)
運去英雄不目謀(운거영웅부목모)
愛民正義我無失(애민정의아무실)
爲國丹心誰有知(위국단심수유지)

때를 만나서 천하도 내 뜻과 한가지로 같다만
운이 다하니 영웅도 스스로 어쩔 수가 없네
백성을 사랑하고 정의를 위하는 일이 무슨 허물 되려오
나라를 위하는 오직 한마음 그 누가 알리오

조선은 지상에서 유일한 노예제 나라였다. 조선에는 천한 신분 여덟 부류가 있는데, 노비, 승려. 무당. 광대. 상여꾼, 기생, 공장, 백정이며, 천민들은 어린아이에게조차 머리 숙여 소인이라고 하였다. 여기서 공장이란 수공업에 종사하는 장인을 일컫는다.

이렇게 노비를 비롯한 천민은 한의 굴레를 쓰고 태어났다. 그리고 양반들과 관리들은 그들을 그저

마소 부리듯이 후려쳤다. 한이 무언지도 모르고 하루하루의 괴로움을 숙명으로 받아들인 상민과 천민이, 8할이 넘는 조선의 백성이었다. 굶기를 밥 먹듯 하는 조선에서 나라에 충성한다는 것은 위선이 아닐 수 없다.

조선에 파견된 프랑스 외교관이 장관에게 보낸 편지에는 이렇게 쓰여 있다.

> 조선에는 노비제도가 있는데, 조선 각지에 주기적으로 가뭄이 발생할 때 대규모로 여자와 여자아이들 거래가 이루어집니다. 가장이 양도하는 외에도 노름에 빚을 져서 갚을 방법이 없으면 남자가 자기 아내를 채무자에게 보내는 경우도 있습니다. 노비는 죽을 때까지 심한 노역을 강요당하고, 때리기도 하며 죽이는 것은 금지되어 있으나 죽인다 해도 처벌하는 경우는 드뭅니다. 노비는 아무리 심한 박해를 받아도 주인을 고소할 권리가 없으며, 배상금을 지급하거나 방면을 요구할 수도 없

습니다. 혼자 다니는 여자는 처음 만난 남자가 마음대로 할 수 있으며 관아에 보호를 요청할 수도 없습니다. 주인은 하인 중 한 명을 선택해 자신이 소유하는 여자 노비와 짝을 지어줍니다. 또 남편을 바꿀 수도 있습니다. 이 흉측한 제도는 인간을 동물과 동일시하는 것입니다.

-외무부장관 스플리 각하께, 콜랭 드 플랑시 1890년 3월 14일

영국은 1834년 노예제를 폐기하였고, 미국은 1863년 남북전쟁 중에 노예제를 폐기하였고, 조선은 1894년 갑오개혁으로 노비해방을 선언했다. 갑오개혁은 1894년 7월 27일부터 1895년 7월 6일까지 실행하였는데, 1884년 12월 4일에 일어나 3일 만에 끝난 갑신정변 실패 후 망명했던 개화파들이 청일전쟁에 승리한 일본의 위세를 업고 돌아와 추진한 일본식 개혁이었다. 갑오경장이라고도 부르는 갑오개

혁은 3차까지 이어졌으나, 일본군의 장기 주둔을 우려한 러시아, 독일, 프랑스의 심한 견제와 백성들의 폭넓은 지지를 얻지 못해 그 위세를 잃으면서 추진력을 상실하였다.

급진개혁파 김옥균의 갑신일록에는 14개의 정책이 기록되어 있다.

1. 대원군을 가까운 시일 내에 모셔 올 것
2. 문벌을 폐지하여 인민 평등의 권리를 제정할 것
3. 전국적으로 지조법(地租法)을 개혁하여 관리의 부정을 막고 백성의 곤란을 구제하고 국가 재정을 넉넉하게 할 것
4. 내시부(內侍府)를 혁파하고 재능 있는 자는 등용할 것
5. 그동안 간탐(奸貪)하여 나라를 병들게 한 자는 정죄할 것
6. 각 도의 환상(還上)은 영구히 와환(臥還)할 것
7. 규장각(奎章閣)을 혁파할 것

8. 시급히 순사제도(巡査制度)를 두어 절도를 방지할 것
9. 혜상공국(惠商公局)을 혁파할 것
10. 전후에 유배, 금고 된 사람들은 작량(酌量)하여 석방할 것
11. 4영(營)을 합하여 1영으로 만들고 장정을 뽑아 근위대를 설치할 것
12. 국내 재정은 모두 호조(戶曹)가 관할하게 할 것
13. 대신과 참찬은 합문(閤門) 안 의정소(議政所)에서 회의하여 정사를 결정한 뒤에 왕에게 아뢴 다음 정령(政令)을 반포 시행할 것

14. 정부 육조 외에 불필요한 관청에 속하는 것은 모두 혁파할 것

삶의 고통이 없으면
얻는 것도 없는데
돌부리에 걸려 넘어진
아픈 목소리 듣는

늦봄을 그대로 보내고
횟배 앓는 보릿고개
타는 갈증에 물을 마셔도
젊은 날이 실없이 간다

운현궁에서 2년이 다 되도록 식객 노릇을 했던 전봉준이 1893년 2월 마지막으로 흥선대원군을 만나 밀담을 나누고 전주 구미리로 돌아왔다. 그러자 민비를 폐비하고 고종을 하야시킨 다음, 손자 이준용을 즉위시키려는 집념을 버리지 않은 대원군은 밀사 나성선을 전주로 파견했다. 이런 까닭으로 동학 민중 봉기의 배후가 대원군이라는 소문이 파다하게 퍼졌다.

동학농민군이 전주성을 점령하자 이에 크게 놀란 조선의 무지한 조정은 법과 제도를 어기고, 특히 임오군란 때 청나라에 구원을 요청해 정권을 되찾은 민비의 강력한 주장에 따라, 이번에도 청나라에 동학 민중 봉기 진압을 요청하였다.

"나무가 숲을 떠나 홀로 있으면 바람을 더 잘 탄다. 중국이 숲이고 조선이 나무다. 이렇게 중차대한 시기에 아무 일도 하지 않는다면 나중에 가장 힘든 일이 되어 돌아올 것이다."

인과응보는 행한 행위에 따라 그에 상응하는 결과를 받게 된다는 뜻이다. 나라의 힘을 기르지 않고 오직 외세에 기대려는 이기심에 바로 다음 해 10월 8일 낭인으로 위장한 일본군 젊은 장교들에게 시해당할 운명은 까맣게 모르고 위세 부렸다.

그러자 청나라는 텐진 조약에 따라 청군 파병을 일본에 알리고, 조선에 진출할 군대를 선별 편성하였다.

갑신정변 후 조선 진출을 엿보던 일본이 이 기회를 놓칠 리 없었다. 일본은 즉시 청나라군보다 더 많은 군대를 파병하였다. 결국 동학 민중 봉기가 외세를 불러들이고 말았다. 따라서 청일전쟁은 힘없는 조선이 불 지핀 전쟁이었다.

텐진 조약

1. 청나라와 일본은 조선 반도에서 즉시 철수를 시작해 4개월 안에 철수를 완료한다.
2. 청나라와 일본 양국은 조선에 대해 군사고문을 파견하지 않는다. 조선은 청일 양국이 아닌 제3국에서 1명 이상 수명의 군인을 초지한다.
3. 장래 조선에 출병할 경우 상호 통지한다. 파병이 불가피할 때도 속히 철수시켜 주둔하지 않는다.

1885년 4월 18일 청나라와 일본은 조선 주둔 양국 군이 철수를 합의하는 텐진 조약을 맺었다. 청나라 대표는 직례총독 이홍장이었고 일본 대표는 전권대신 이토 히로부미였다. 이로써 청나라와 일본은 어느 한쪽의 일방적인 우위가 없이 동등한 합의를 얻어냈다.

이홍장은 1823년 2월 15일 청나라 안휘성 합비에서 태어나 1901년 11월 7일 북경에서 사망했다. 한족 거물급 정치인이며 관리들의 주도로 이루어졌던 군사 중심의 근대화 운동인 양무운동을 주도해 중국을 현대화하기 위한 격렬한 노력으로 주요 반란을 진압했다. 1850년부터 1864년까지 중국에서 벌어진 대규모 내전인 태평천국의 난에 대항한 그의 역할에 칭송이 많았지만, 청일전쟁에 패하여 이후에는 정치적 견식이 부족하고, 외세에 대항하는 방식도 굴욕적이었다고 평가되었다.

이토 히로부미는 1841년 10월 16일 일본 야마구치현 히카리시에서 태어나 1909년 10월 26일 청나라 만주 하얼빈역 역사에서 안중근의 저격으로 사망했다. 이토는 청일전쟁을 반대했으나 '조선은 청의 속방이니 일본은 간섭하지 말라.'는 이홍장의 말에 외교가 연약하다는 비판이 쏟아지자 전쟁에 동의하였다. 초대 내각총리대신, 제5대 내각총리대신, 제7대 내각총리대신, 제10대 내각총리대신을 역임했다.

2
청나라
군대의
진출

청나라 군대의 진출

 1894년 5월 청나라 11대 황제 청덕종 광서제가 명을 내렸다. 사실상 9대 함풍제의 세 번째 황후인 서태후가 정권을 장악한 상태여서 황제는 서태후 말을 대신 전할 뿐이었다.

 "조선 남부지방 동학당 비도들이 난을 일으켜, 군읍을 잇달아 함락하여, 조선 병사들의 힘으로는 도저히 진정시킬 수가 없어서, 조선왕은 상국인 우리에게 원군을 요청하였다. 이에, 짐은 직례총독 이홍장에게 파병의 전권을 위임하니 직례총독은 나의 뜻을 헤아려, 직례제독 섭지초를 즉시 조선으로 출병

시키고, 동학 비도들을 평정하게 하라."

 청나라 황제 계승은 1개 항렬에 1명의 황제가 원칙이었다. 광서제는 전 황제 동치제와 항렬이 같았기 때문에 원칙대로라면 다음 항렬인 부(溥)자 돌림자의 황족이 제위에 올라야 했다. 10대 황제 동치제(6세에 황제가 되어 19세에 사망)가 후사 없이 죽자 서태후는 자신의 여동생이자 순현친왕 혁현 부인의 외아들 4살짜리 조카 재첨을 양자로 빼앗아 와 11대 황제로 즉위시켰다.

 "앞으로는 여자가 권력을 잡지 말도록 해라."

 이 말을 남긴 서태후(난아)는 가난한 말단 관리의 딸로 태어났다. 어려서 노래와 춤을 배우고 글을 익혔다. 16세에 꿈에 그리던 자금성에 들어가 황제인 함풍제의 눈에 띄어 후궁이 되었다. 말단 후궁 난아가 마침내 아들을 낳고 47년간 절대 권력을 휘두른 서태후(西太后)가 되었다.

청나라 군대는 황제의 명에 따라 1894년 6월 6일부터 8일에 이르러 톈진과 산해관을 출발하여 조선 땅 충청도 아산으로 향하게 되었는데, 톈진에서 도남호에 탑재한 인원과 장비를 보면, 지휘관 직례총병 섭사성, 고북구 연군우영 병사 500명, 무의군 부갑중영 병사 200명, 노전영 병사와 포병 200명, 톈진무비학당 학생(본관에 임명받기 전의 학생 신분) 10명 등 합계 910명이었고, 남경제 2파운드, 황동산포 60mm 4문과 함께 말 90필을 탑재하였다.

 섭사성의 제대는 6일 아침 노대에서 톈진으로 이동해 승선하기 시작했다. 여름의 시작, 날씨가 선선하여 승선하는 데 별 어려움은 없었다. 바다 건너 외국으로 출병한다는 고뇌와 갈등이 없지 않았으나, 섭사성은 계획대로 그날 심야 출항하여 전쟁 길에 올랐다.

 전쟁에서 우정은 없다. 상대에게 원망을 들을지라도 전쟁은 이겨야 한다. 전쟁에서 패배는 죽음이다. 패배에서 남는 건 치욕이다. 전쟁의 상처가 아무리 아프다 해도 승리가 치유해 준다.

전쟁에서 정의는 없다. 이기는 것이 정의다. 이길 때도 있고 질 때도 있다는 생각은 놀이일 뿐이다. 놀이는 목숨을 걸고 싸우지 않는다. 승리는 마음먹기에 달려있다. 끝까지 살아남아야 행복과 불행을 알 수 있다. 적에게 배려는 있을 수 없다. 오직 나의 인생은 내가 만든다.

전쟁의 승리를 다짐한 섭사성은 주먹을 불끈 쥐었다.

"이 손 하나에 천하가 달려있다. 얼마나 경이로운 손인가. 진정 위대한 능력을 갖춘 사람은 그 능력을 가슴 속에 품고 겉으로 내보이지 않는다."

구름 사이로 간간이 별이 보이는 밤, 목숨 건 군인의 의지가 뜨겁게 흐르는 밤, 오직 전쟁의 승리를 안고 돌아오겠다고 약속하는 밤, 섭사성이 이끄는 배는 어느새 밤바다를 가르고 있었다. 섭사성은 어둠을 바라보며 가슴 두근거리는 내일의 일을 혼자 중얼거렸다.

"인생길에는 산길도 있고 들길도 있고 물길도 있다. 지금은 물길을 가르고 있지만 어쩌면 마음의 길을 가고 있는지도 모른다. 길은 영원한 것 같지만 언제나 그 끝은 있다. 모든 병사와 함께 살아서 오늘 밤처럼 이 배를 타고 이 물길을 건너 그리운 고향으로 돌아오겠다."

당시 청나라 군사 장교 계급 체계는 파총, 천총, 수비, 도사, 유격, 참장, 부장, 부총장, 총병관(정2품) 제독(종1품)이었다.

이어, 산해관에서 해안호(869t급)와 해정호(1919t급)에 탑재한 인원과 장비는 다음과 같다.

총지휘관 직례제독 섭지초, 정정연군중영 병사 500명, 정정연군우영 병사 500명, 정정연군좌영 병사 200명, 정정연군전영 병사 200명, 총지휘관 친병 마소대 및 보소대 80명, 산해관무비학당 학생과 톈진무비학당 학생 25명, 문무관 30명 등 총 1,555명이 승선하였고 '크루프'포 80mm 97식 박격포 4문을 탑재하였다.

해안호와 해정호는 6일 오후 산해관에 도착했고, 병사들이 승선할 때 갑자기 돌풍이 불어 파도가 거칠어졌다. 산해관은 만리장성 동쪽 끝에 있는 관문인데 예로부터 바람이 유별나 '바람의 나라'라고 불렀다. 실제로 여진족 족장 누르하치는 모래바람을 이용해 명나라와의 전투에서 승리하였다. 출발하기도 전에 병사들이 멀미를 시작하자 섭지초가 명령을 내렸다.

　"모든 병사는 하선하여 풍랑이 멈출 때까지 안전한 곳에서 대기하라."

　다음 날에도 파도는 여전히 거칠었다. 갑자기 몰아친 돌풍에 병사들의 마음이 심란해졌다. 새들도 돌풍의 위험을 알아차렸는지 날지 않았고, 새 울음마저 바람 소리에 묻혀 들리지 않았다. 지칠 때까지 숨 가쁜 목소리로 울어야 할 바람 속으로 하루가 지루하게 지나갔다. 섭지초는 풍랑에 갇힌 채 현실을 낙관적으로 짚었다.

"이 바람은 무엇을 뜻하는가. 눈이 둘인 나라에서 눈이 하나면 병신이라고 부른다. 얼른 바다를 건너가서 두 눈으로 세상을 바라볼 수 있는 조선을 만들어주어야 한다. 미개한 조선의 백성 동학 비도들이 무슨 대수인가. 이번 출정은 잠시 마음을 달래는 소풍이다. 조선의 무지렁이들과 한바탕 놀아보자."

 다음날, 거세게 몰아치던 풍랑이 물러가자 섭지초의 병사들은 일제히 승선하여 6월 8일 오후 조선 땅 아산을 향해 출항하였다.
 이 3척의 배는 병사들을 싣기 전에 톈진의 대고(톈진의 해하에서 남동의 발해에 이르는 하구)에서 철포탄약기총 30자루와 천막과 식사 도구를 탑재하였고, 6월 6일과 6월 8일 양일에 걸쳐 톈진과 산해관을 각각 출발하였다. 제1차 파 조선병은 총 2,465명이었고, 병기는 산포 4문, 박격포 4문, 기관총 30자루, 개인화기는 소총이었다. 당시 소총은 뇌관으로 점화하는 단발 장전 사격하는 총이었다.

이 병기 중 박격포는 오로지 동학 민중 봉기 토벌에 사용할 목적이었는데, 일본과 충돌을 고려해서 군함진원륙전대용인 '크루프'포 4문으로 교체하였다.

총사령관 섭지초는 산해관을 출발하면서 이홍장의 막료인 성선회에게 타전했다.

"선발선 도남호가 귀항하면 노대의 보병 350명과 고북구 연군마대에서 50명의 기병을 곧바로 보내주시오."

무선전신은 1838년 미국의 모스가 원형을 구상했고 1843년 실용화되어 모스 코드를 사용하였다. 모스 부호는 짧은 발신 전류와 긴 발신 전류를 배합하여 알파벳 숫자를 표시한 것인데 구조는 세계적으로 공통이다.

섭사성이 승선한 도남호는 6월 8일 아산만에 도착했다. 먼저 와있던 평원에게 경비를 맡기고 백석포에 양륙하고는, 다음 날 9일 제대를 통솔해 아산으로 이동했다. 그리고 야영을 설치하고 총사령관 섭지초를 기다렸다. 섭지초가 도착하면 함께 전주로 진격하여 동학 민중 봉기를 진압하려는 계획이었다. 그런데 10일 새벽 경성에 있는 주차조선총리교섭통상사의 직책을 가지고, 조선에 주재하는 동안 조선의 내정과 외교를 감시하는 위안스카이로부터 전문이 왔다.

"조선왕은 조선 병력이 승리를 얻었으므로 청병의 전진을 원하지 않고, 이중당 이홍장은 일본이 파병했기 때문에 커다란 사단이 일어날까 우려한다. 총병은 잠시 그곳에 주둔하여 다음 훈령을 기다리기 바란다."

전라도 황토현에서 관군을 격파한 동학농민군이 전주성을 점령하자 1894년 6월 6일 조선 조정이 동학농민군 요구를 들어주는 전주화약을 맺었다. 지방관의 농민에 대한 수탈 중지, 신분제 폐지, 토지 균분제의 실시, 이 조약으로 동학농민군은 해산하고 다시 포(包)라는 조직을 만들어 전라도 53개 군에 민정 기관인 집강소를 설치하여 지방의 치안과 행정을 맡았다.

위안스카이(袁世凱)는 1859년 8월 20일 하남성에서 태어나 1916년 6월 6일(향년 56세) 베이징에서 사망했다. 진사 시험에 세 번 낙방하여 재력가 양아버지가 뇌물을 바쳐 벼슬길에 올랐고, 이홍장 참모인 우창칭 휘하로 들어갔다. 1882년 임오군란이 일어나자 우창칭이 6개 부대 경군 3,000명을 이끌고 출병하였는데 이때 위안스카이도 함께 참전하였다. 임오군란을 잔혹하게 진압한 청나라는 대원군을 납치해 남양만을 거쳐서 텐진으로 끌고 갔다. 그리고 23세의 위안스카이를 조선에 남게 하여 사실상 조선을 지배하게 하였다. 위안스카이는 고종을 알현하러 갈 때도 말을 타고 칼을 차고 왕궁을 드나들었으며, 삼국궁을 거부하고 고종을 '혼군'이라고 불렀다. 또 고종을 폐위한다고 위협하고는 왕비인 민비를 성희롱 하였고, 조정의 관료 20명을 파면시키고 자신의 심복들을 임명하였다. 오만해진 위안스카이는 관우를 모시는 관묘제를 설치하게 하고는, 조선 처녀 세 명이나 간택해 첩으로 삼은 것도 모자라 그곳으로 조선 여인을 밤마다 헌상하게 하였다. 중국 상인들도 위안스카이의 위세를 등에 업고 조선 상인들의 점포를 빼앗고 물건을 강탈했으며, 항의하는 사람을 죽이는 일도 주저하지 않았다. 13년간 이어졌던 끔찍하고 굴욕적인 만행은 청일전쟁에서 청나라가 패배하고, 위안스카이의 야반도주로 끝이 났다. 이후 위안스카이는 청나라 2대 내각총리, 중화민국 2대 임시 대총통, 중화민국 초대 대총통을 거쳐 1915년 12월 12일부터 1916년 3월 22일까지 중화제국 초대 황제를 지냈다. 이때 중국인의 높은 문맹률이 문제되자 조선의 한글을 중국인에게 가르쳐서 글자를 깨치게 하자고 제안했으나, 신하들이 망한 나라의 글을 사용해서는 안 된다며, 망국지음 하위국자(亡國之音 何謂國子)를 내세워 반대하는 바람에 뜻을 이루지 못했다.

   섭지초의 제대가 승선한 해안호와 해정호가 10일 오후 아산만에 도착했다. 11일 상륙하여 12일 아산으로 이동해 섭사성을 만났다. 그리고 섭지초는 곧바로 조선 국왕 고종에게 편지를 보냈다.

"청나라의 대군이 아산에 도착하였습니다. 조선 조정과 지방을 완화하여 편하게 하려는 성지에 따라, 동학당 비도 사건을 조사하고 명백하게 하여 옳음과 그름을 모색하고, 섭지초 또한 성지의 뜻을 첨부해서, 중조속방을 애휼하여 조선왕의 청을 깊게 받아들입니다. 이에 섭지초는 대군을 내서 동학란을 빠른 시일에 토치하려고 합니다. 청나라 직례제독 섭지초의 굳은 의지를 밝히는 바입니다."

이 서신에서, '중조속방을 애휼하여'는 중국의 속국 조선을 매우 불쌍하게 여긴다는 뜻이다. 조선 국왕 고종 앞에서 조정 대신은 물론 외국 사신들 모두가 서 있어도 청나라 위안스카이만큼은 자신의 전용 의자를 가져다 놓고 용상 바로 앞에 앉았다. 이런 위안스카이의 위세를 익히 아는 섭지초의 매우 오만한 편지였다.

섭지초가 아산에 임시 야전 군영을 꾸리면서 보낸 1개 지대가, 14일 전주에 도착하여 정탐하고는 그 사실을 보고했다.

"남아있는 동학 비도의 위험이 여전히 잠복해 있고, 급히 소멸시키지 않으면 전투가 재연될 수 있습니다."

이런 첩보를 이홍장과 위안스카이에게 보냈지만 뚜렷한 지침이 내려오지 않았다. 섭지초는 병사들과 하릴없이 하루하루 날짜만 뜯어먹고 지냈다. 한가해서 좋았지만, 무료한 시간 농로를 거닐며 조선 백성들의 형편을 살펴보았다. 핏기 잃은 사람들은 꾀죄죄했고, 기우뚱한 초가집은 하나 같이 돼지우리 같았다.

백성들은 거짓말과 도둑질이 일상이고, 부자들은 머슴의 새경을 떼먹는 것이 일상이고, 관리들은 나라 곳간을 축내며 백성들 등쳐먹는 게 일상이고, 조정은 굶어 죽는 백성들이 강 건너 불구경인 듯 서로 당파싸움에 피를 튀기는 것이 일상인 조선, 대국인 청나라가 소국인 조선에서 무엇을 얼마나 공출해 갔기에 조선 백성이 이렇게도 피골이 상접해졌단 말인가.

또 이들은 무슨 업보가 그리 많아서 태어날 때부터 짐승으로 살아야 하는가. 청나라가 수탈해 가고, 조정이 빼앗아 가고, 탐관오리가 쓸어가고 과연 남는 게 무엇인가. 그런 와중에 동학 비도들을 토벌한다고 힘없고 지친 백성들을 징발해 마소처럼 부리고 있지 않는가. 오직 목숨을 위해 풀죽으로 끼니를 이어가는 모습이 가여웠지만 모두가 중국과 상관없는 조선의 현실일 뿐이었다.

 이 강산에 누가 사는가
 여린 수냉이 똑똑 끊어먹으며
 긴 시간을 견디었어도
 끝내 익숙해지지 않는 기다림
 허약한 농부는 말을 잃었다

섭지초가 산해관을 출발하며 청구했던 노대의 무의군 보병 300명과 고북구의 연군 후영마대 40명과 수뢰병 60명과 말 60필이 해정호에 실려 6월 24일 아산만에 도착하여 25일 상륙하였다.

이런 상황을 섭사성은 옳지 않다고 판단했다. 동학 비도들이 물러가고 일본과의 교섭이 원만하게 이루어진다면 자신이 다시 대군을 본국으로 발송해야 한다고 생각했기 때문이었다. 그래서 섭지초를 설득하여 추가 병력 지원을 중지시켜 달라고 했지만 소용없었다. 오히려 병력을 5,000명 내지 6,000명을 증파한다는 소문이 나돌았다.

그러나 섭지초는 아산 군영을 섭사성에게 맡기고 전주 방면으로 전진하기 위해 스스로 정예 보병과 기병을 합친 병사 1,000명과 포 3문을 이끌고 29일 공주에 도착하여 위안스카이에게 현지 상황을 보고했다.

"전라도 서남 일대에 동학 비도들이 출몰하는데, 그

세력이 매우 창궐하여 지금 소탕하지 않으면 위험이 도래할까 염려되어, 전주로 진군하려고 합니다."

이에, 위안스카이의 답변이 도달했다.

"공주에 머무르면서, 보병과 기병 수백으로 정찰하여 적이 없으면 아산으로 철회하라."

다시 위안스카이의 급전이 도착했다.

"조선 조정이 두 가지 생각을 가지고 있기 때문에 토비 해방을 명목으로 신속히 아산으로 돌아가라."

일본 오오토리공사가 제출한 쭉정이뿐인 비정개혁 토의를 조선 조정이 받아들이는 기색이 보이고, 한편으로는 일본군 후속 부대가 인천으로 상륙했다는 보고를 받은 위안스카이는 청군이 한 지점에 집결할 필요가 있다고 판단했다.

공주에서 지체하던 섭지초는 청군을 경성이나 인

천, 수원 등 요지에 배치하여 일본군과 대치하려 했지만, 은밀히 철귀하기 위해 배를 보낸다는 이홍장의 말을 섭사성에게 전해 듣고, 7월 10일 파견된 제대를 이끌고 아산으로 돌아왔다. 그리고 다음 날 이홍장에게 전보로 보고했다.

"일본군은 날이 갈수록 창궐해지니, 조선이 우리의 구원을 바라는 마음이 몹시 급합니다. 신속히 수륙 대군을 출발시켜 북로로 오게 하고, 그 사이 섭지초는 각 부소를 인솔하여 이곳에서 전진해서, 잠시 요지를 선택하여 우리 상민을 보호하고, 만약 배를 보내 철귀를 한다면 일본 정부에 알리어 동시에 철병하는 것이 마땅합니다."

14일 이홍장에게서 짧은 답신이 왔다.

"지금은 남로가 긴요하므로 병사를 옮기지 말아야 한다."

이홍장은 오히려 군대를 증원할 필요성을 느꼈다. 아군을 아산에 집결시켜 일본군이 자신의 뜻대로 아산으로 이동하기를 바랐다. 그렇게 되면 자연히 경성이 비게 되고, 그때 평양에 집결한 아군이 기습하여 경성을 장악하겠다는 생각이었다.

이홍장은 자신의 계획대로 각 부처의 군사들을 한 곳에 집결시켰다. 다시 증원대를 편성해 평양은 육로로 보냈고, 해로는 영국 기선 비경호와 애인호 2척을 대여해, 인자정영 병사 500명, 인자부영 병사 500명, 무의군 보병 300명을 탑재하였다. 두 척의 기선은 7월 21일 텐진에서 출발하여, 조선해를 순회하는 군함 제원, 위원, 광을 3척의 호위 아래, 7월 23일 아산만에 입항하고는 다음 날 백석포에 양륙하였다. 이로써 청나라군의 인원은 4,165명이 되었다.

7월 23일 야간에 출항한 2차 증원대는 25일 아침 아산만 근해에서 일본 순양함을 만나 전투 끝에 격침되어 대부분이 사망했는데, 이를 풍도해전이라고 불렀다.

섭지초는 1839년 안휘성 합비에서 태어났다.

1901년 목숨이 아까워 도망 다니다 허페이에서 청나라 조정에 의해 참수당했다. 회군장령, 직례제독을 역임했다.

섭사성은 1836년 태어나 1900년 7월 9일 서태후가 지지하는 의화단에 의해 총알 수십 발을 맞고 사망했다. '이곳이 내가 죽을 곳이다. 이곳을 한 걸음이라도 벗어난다면 사나이가 아니다.' 직례총병을 역임한 섭사성의 마지막 말이다.

의화단은 1899부터 1901년까지 2년 동안 일어난 '외세배척' 운동이다. 유럽에서 건너온 기독교단체들이 중국인들을 상대로 포교 활동하였는데, 중국인들은 이들이 중국을 침략하는 세력이라고 믿었고, 또 중국이 기독교 나라가 되는 것을 우려해 정부의 사주를 받고 등장한 단체다. 청을 도와 서양을 멸하자는 '부청멸양' 구호를 내세워 외국인이나 각국 공사관에 공격을 가하여 188명의 선교사와 그 가족들이 희생되었고, 41,000명에 달하는 중국인 기독교인이 살해당했다.

3
일본 군대의 진출

일본 군대의 진출

"때가 왔다. 때를 놓치면 두고두고 후회한다."

청나라가 조선으로 군대를 파병하자 일본도 가만히 있지 않았다. 1894년 6월 12일 청군과 때를 맞춰 혼성 제9여단 선발대 제1차 수송병 3,000명이 인천에 상륙했다. 이어서 우지나항에서 출발한 혼성 제9여단 제2차 수송병 4,000명이 6월 16일 인천에 도착했다.

일본은 서구열강같이 강해져야 한다는 믿음으로 1850년부터 문호를 개방하기 시작했다. 국가에 돈이 없는 일본은 수출을 해야 돈이 생긴다는 것을 알

앉다. 그러자 여자아이들을, 소학교 6년을 의무교육으로 졸업시킨 후 강제로 공장에 투입해 20세까지 징병처럼 일을 하게 하였다. 특히 누에를 많이 키워 전세계수요 70%의 비단을 수출하였다. 이렇게 수출해서 번 돈으로 서양의 배와 공업에 필요한 기계를 사들였다.

인간의 역사는 부침을 거듭하면서 전진한다. 일본은 조선내란에 직접적인 관계가 없다고 했지만 그 전부터 조선을 세심하게 정탐하고 있었다. 일본 공무원 혼마 규스케가 조선에 파견되어 전국을 돌아다니며 정탐하고, 조선정탐록을 1893년 간행하였다.

조선 정탐록

1. 언어와 문장. 조선은 전국 모두가 같다. 지역에 따라 억양과 사투리가 있을 뿐 지역 차이는 심하지 않다.
2. 한글의 교묘함. 언문이 곧 조선의 문자인데 서양

알파벳을 능가한다. 조선인들은 이와 같이 교묘한 문자를 가지고 왜 고생스럽게 일상 서간문에까지 어려운 한문을 사용하는지 의문이다.

3. 가야 국호. 가야는 삼국시대 수로왕이 도읍한 땅으로 국호를 가락이라 불렀다. 금관가야를 중심으로 대가야, 아라가야, 성산가야, 소가야, 고령가야를 지배했다. 또한 일본에서 가장 가까운 해안에 있었으며 일본이 외국을 가리켜 가라(伽羅)라고 부르는데 여기서 기원했을 것이다.

4. 독립. 조선은 4천 년의 오랜 역사를 가진 국가로서 경외시하지만 지금은 쇠퇴했다. 문물, 제도, 기계, 공예 등 하나같이 시선을 끌 만한 것이 없고, 거의 아프리카 오지 탐험을 연상시킨다. 조선 역사를 탐독해 보면 상고시대부터 지금까지 줄곧 다른 나라에 속박되고 상대하지 않았던 시절이 드물다. 진정 독립한 적이 있었는지 의문이다.

5. 대중 소화사상(大中 小化思想). 조선 선비는 중국을 항상 중화(中華)라고 부르며 자신들은 스스로

소화(小華)라고 말한다. 이들은 박식한 척하면서도 비루한 것을 모른다.

6. 기후. 조선 강수량은 일본보다 적고 무척 춥다. 겨울에 언 땅이 봄에 풀릴 때 기울어지는 집이 많다.

7. 조선인의 기질. 조선은 무사태평 느려터진 사회다. 일본 목수가 반나절 걸려 하는 일을 조선 목수는 3, 4일 걸려 한다. 시간에 쫓기는 바쁜 삶이 없기 때문이다.

8. 매운 음식. 조선인들은 매운 것을 좋아한다. 어린 아이들도 생강을 무 먹듯 소리 내어 씹어 먹는데 자못 기이한 일이 아닐 수 없다.

9. 싸움. 조선은 작은 일로 싸움하는데 설전하다 점점 격양되어 서로 갓을 벗고 상투를 잡아당기며 육박전을 치르고, 마지막은 찢어진 옷값 물어내라고 다시 설전을 벌인다.

10. 담배 사랑. 조선인은 담배 피우는 것을 좋아한다. 긴 담뱃대를 걸어갈 때나, 집에 있을 때나, 앉아서도 누워서도, 일을 쉬거나 침묵하는 사이에

서도 손에서 놓는 일이 없다. 심지어 목욕탕 안에서도 담배를 피운다.

11. 신분제 사회. 조선은 계급사회 나라이며 언어와 행동에도 계급이 있다. 오라는 말 하나에도 여러 가지 사용법이 있는데, 아랫사람에게는 이리 오너라, 같은 무리에게는 이리 오시오, 높은 사람에게는 이리 오십시오, 라고 한다. 상민들은 양반 앞에서 담배를 피울 수도 없고 명을 받지 않으면 앉을 수도 없다. 도로변에서 이름 모를 양반이 걸어가면 담배를 뒤로 감추고 지나갈 때까지 기다린다. 흔히 예의 나라라고 하지만 실은 계급사회다.

12. 노예제도. 조선에서 가장 놀랄만한 일은 노예제도다. 조선에서 양반이라면 모두 노비를 데리고 있다. 이들은 봉급을 받고 노예가 된 것이 아니라 대부분 돈을 빌리고 갚지 못해서 노예가 된 경우다. 그렇게 노비가 되면 자자손손 영구히 주인집 노예가 되고, 평생 가축처럼 시키는 일만 한다. 장가를 가거나 자식을 결혼시켜도 자기 의

사대로 할 수 없다. 그뿐만 아니라 쉬거나 말할 때도 자유가 없다. 밥 먹는 것, 옷을 입는 것, 만사를 주인 명령에 따라야 한다.

13. 양반. 양반의 소일(消日)은 실로 한가해 보인다. 아침부터 아무 일도 하지 않고 다만 담뱃대를 물고 방에 누워있을 뿐이다. 재산가의 대부분이 양반들인데 이는 관리가 되어 서민들로부터 강압적으로 거둬들이기 때문이다. 관리가 되면 3대가 앉아 먹을 수 있고, 그중에서 큰 부를 얻을 수 있는 것은 지방관 수령이 되는 관료다.

14. 양반의 여자. 양반 여자들의 진찰 시, 여자들은 얼굴 보이는 것이 부끄러워 천이나 장옷으로 얼굴을 가리고 손만 내밀어 겨우 진맥을 본다.

15. 관리. 양반은 과거를 통과하면 어떠한 관리도 할 수 있다. 하지만 관직자들은 대부분 어리석고 몽매하다. 한쪽으로 치우쳐 고루하고 한자도 제대로 모른다. 조선 과거시험은 공공연한 뇌물로 수뢰하고 뇌물을 쓰지 않으면 관직에 임명되지도 못한다.

16. 지방관. 지방관 임기는 3년을 만기로 삼지만 재임을 원하면 정부에 돈을 내고 관직을 산다. 수령 군수는 3천 냥, 관찰사 도지사는 1만 냥 돈이 필요하다.
17. 관리는 모두 도적. 조선 관리는 모두 도적이다. 백성들 재화를 뺏는데 이보다 더할 수가 없다.
18. 무관. 무관은 단지 이름만 가지고 있을 뿐 병법서를 읽지도 못하고 무예가 무언지도 모르는 작자들로 정부에 돈을 내고 임용받은 것이다. 첨사, 수사, 병사. 병마절도사 등으로 훌륭한 관직명만 있을 뿐 도저히 군인이라고 할 수 없는 무리들이다.
19. 병사. 조선의 병사들은 무뢰한을 모아 봉급 주고 흑색 목면 옷을 입게 한 것이다. 품삯을 목적으로 병사가 된 것이며 본래 국가를 지키려는 뜻은 전혀 없다. 전쟁이 나면 어떻게 할 것이냐고 물으면 "전쟁 나면 얼른 총 버리고 군복도 벗고 민간인처럼 하고 있으면 적들도 죽이지 않겠지." 이들은 이렇게 자랑스럽게 말했다. 이랬으니 이

들은 도박자금이 모자라면 총을 저당 잡혔다. 정부에서 병사들에게 봉급을 주지 못할 때면 이 무리로 하여금 부잣집을 약탈하게 했고 묵인해 주었다. 경성에 겨울철 도적이 많은 것은 정부가 겨울 봉급을 주지 않은 게 원인이다.

20. 무예. 현존하는 것은 궁술뿐이다. 칼과 창이 있지만 그걸 연습하려는 사람이 없다.
21. 사법제도. 죄인은 옥에 들어가서는 비용을 모두 스스로 감당해야 한다. 돈 없는 자는 굶어 죽었고 반면 뇌물을 바칠 경우에는 어떠한 큰 죄라도 쉽게 방면된다.
22. 형벌. 조선의 형벌은 하나같이 관리의 뜻에 따라 임의적으로 행해지며 전국에 똑같이 적용되는 일정한 형벌이 없다.
23. 대리 변제. 조선에서 빚을 갚지 못할 때는 부모 형제가 대신하여 빚을 갚는 것을 의무로 하고 있다. 만일 부모 형제가 못 갚으면 9족 중 한 사람에게 변상시킨다. 그러므로 친척 중의 한 사람이라도 도박을 즐기는 자가 있으면 엉뚱한 사람이

피해를 보게 된다.

24. 조혼. 조선에서 가장 기이한 풍속은 조혼이라고 할 수 있는데 남자들은 12-13세의 나이로 장가를 간다. 부인은 자기보다 나이가 많은 사람을 고르는 것이 보통이다. 12-13세가 20세 전후의 여자와 결혼하는 것이 조선에서는 결코 이상한 일이 아니다. 조선의 인구가 매해 감소하는 원인이 여기에 있는 것 같다. 실제로 1세기 이전보다 인구가 100만 명 정도 줄었다.

25. 처. 조선에서는 돈만 주면 남편과 상의 아래 처첩으로 하여금 손님 머리맡에서 시중을 들게 한다.

26. 전염병 환자. 여름에 야외를 걷다 보면 곳곳에 초막을 짓고 수척한 사람이 고통스럽게 누워있는 것을 볼 수 있다. 전염병에 괴로워하는 사람을 역병 죽을병이라 부르고, 치유된 사람을 요행이라고 한다. 병에 걸린 사람이 있으면 가족 전염을 걱정하여 야외 작은 집에 옮겨놓는다. 약주는 일이 없으니 대개는 버려져서 죽는 일이나 진

배없다.

27. 천연두. 아이가 천연두로 죽으면 시신을 땅에 묻지 않고 가마니에 넣어서 새끼로 가로 세로로 묶고 야외 나무에 매달았다. 삼복더위에 시신이 부패하여 썩은 액체가 지상에 떨어지고 악취가 끝없이 사방에 흩어져서 코를 찌른다. 시신이 모두 썩어 백골이 되면 뼈를 추려 매장한다. 이런 풍속은 남쪽의 삼남 지방에서 횡행했는데 마마신이 찬바람을 맞고 떠나가라는 의미였다.

28. 의복 문화. 한복은 정말로 아름답다. 한복의 풍치는 가히 세계 으뜸이라고 할 수 있다. 그러나 소매는 길고 깃은 크고 불편함에 있어서도 세계 으뜸이다. 조선 사람 거동이 우유부단하여 활발하지 못한 원인이 세계 으뜸인 한복을 입는 데서 오는 것 아닌가 싶다. 옷과 대조적으로 그들이 사는 집은 개집과 돼시우리 수준이냐.

29. 두루주머니. 조선인은 허리 주위에 반드시 2~3개 주머니를 항상 늘어뜨리고 있다. 담배를 넣는 것, 도박 도구를 넣는 것, 거울을 넣는 것 등으로

구분되어 있다. 용모를 꾸미는 버릇이 심해서 수시로 거울을 보고 수염을 다듬는다.

30. 모자를 쓰지 않으면 벌금형. 조선에서 모자는 필수품이다. 계급과 직책에 따라 그 종류도 다양하다. 만약 이를 어기면 벌금 50전을 내야 한다. 그러나 길에서 노상 방뇨를 해도 벌금 같은 건 없다.

31. 우산. 조선에는 원래 우산이 없었다. 일본을 통해 보급되었다. 그러나 우산을 가진 자는 10명 중 한두 사람 정도다. 비가 내릴 때는 갓 위에 기름 종이로 만든 덮개를 붙였고 옷은 그냥 젖은 채로 걸어 다닌다.

32. 부녀자의 기호. 양반 부녀자는 다른 사람에게 얼굴 보이는 것을 부끄럽게 생각하는 풍습 때문에 의복 장식품 등을 조달하는 것에도 항상 하인을 시킨다. 물건을 사는 일체를 남자에게 맡기니 남자의 생각 안에서 기호를 만족시킬 수밖에 없다.

33. 모자 만드는 기술. 조선의 미술품 중에 감복할 만한 것이 없지만 삿갓이나 관 등을 말꼬리로 짜

는 것을 보면 그 섬세함에 놀라지 않을 수 없다. 이것은 마치 거미가 거미집을 짓는 것같이 섬세하다.

34. 빨래. 개울가에 나가면 옷을 빨래하는 여인네들이 많은데 물에 담근 옷을 평평한 돌 위에 놓고 방망이로 두들겨서 때를 없앤다. 옷감이 상하기 십상이지만 때는 완전히 없앨 수 있다.

35. 식생활. 기근이나 흉년에 대처하는 것을 배우려면 조선으로 와야 한다. 이들의 식탁에는 야외의 풀잎 대부분이 반찬으로 올라온다.

36. 남은 음식. 내가 저녁밥을 들었을 때 어떤 남자가 다가왔다. 주모는 퉁명스럽게 말했다. "여기 왜 왔어. 썩 돌아가. 네가 남은 음식 때문에 왔다는 것 모를 줄 알고." 나중에 알고 보니 진짜로 남은 음식을 먹으려고 온 것이었다.

37. 구더기 낀 상어고기. 상어지느러미는 중국인의 기호품으로 그 가치가 귀하다. 고기는 바다에 버리는 것이 보통인데, 어느 날 일본 상인이 버려지는 몸통을 조선에다 팔아보려고 소금에 절였

다. 4~5일 후 구더기가 들끓었지만 여기까지 가져온 게 아까워 버리지 못하고 낙동강 하구를 거슬러 민가에 도착해 팔았다. 조선인들은 냄새나 구더기에 신경 안 쓰고 크다 작다만 평했다.

38. 개. 조선인들은 개고기를 즐겨 먹는다. 집마다 기르는 개들은 전적으로 고기를 먹기 위해서다. 가격이 만만치 않아 귀한 손님이나 좋은 일이 있지 않으면 함부로 잡지 않았다. 개들은 주로 인분을 먹고 연명했다.

39. 조선의 상업. 공방전엽전 외에 통화가 없는 나라 사람의 생각은 황당했다. 지폐를 보면 이렇게 말했다. "이게 돈이라고, 면직물에 붙인 인쇄물이 전부인데."

40. 통화. 현재 조선에서 통용되는 화폐는 상평전과 당오전 두 종류다. 모두 공방전엽전이다. 상평전 5개의 가치를 지녔던 당오전이 지금은 그냥 다 똑같은 엽전으로 취급된다.

41. 인삼. 인삼은 조선 특유의 명산물이다. 산지는 경기도의 개성과 용인, 충청도의 괴산, 전라도의

금산이다. 그중에서도 가장 유명한 것은 개성 송도인삼이다. 조선에서 인삼밭은 가진 자는 부자였다. 인삼밭은 사방을 울타리치고 사람 출입을 금했다. 또 원두막을 지어 파수꾼을 두고 지켰다.

42. 시장. 경성, 공주, 평양, 개성 등의 시장은 나름대로 괜찮았지만 기타 소도시 시장은 4개 기둥을 세우고 짚으로 지붕을 엮어 얹은 조잡한 가옥들이 2~30개씩 줄지어 선 상태가 전부다. 5일에 한 번 장이 서고 장날이면 상인들이 모여 멍석을 깔고 그 위에 물건을 진열한다. 매매는 대부분 물건을 교환하는데 마치 상고시대를 연상케 한다. 장날 외에는 바늘 한 개도 파는 곳이 없어 이날 사두지 않으면 불편을 느끼게 된다.

43. 싸구려 물건 판매. 서양 상인은 일본이 싸구려 물건 파는 나라라고 일본 수준에 맞는 조악한 제품을 가지고 오곤 했는데, 일본인들도 조선 수준에 맞는 조악한 제품을 가지고 왔다.

44. 중국인. 조선팔도 가는 곳마다 시장에서 중국인

을 보지 않는 지역이 없다. 중국인이 파는 물품은 대략 바늘, 못, 댕기, 부싯돌, 성냥, 담뱃대 등이다. 중국인은 조선인과 섞여서 점포를 폈다.

45. 자본. 조선에서는 자본이 필요하지 않다. 조선은 빈약한 나라라 자본을 써서 사업을 영위할 만한 나라가 아니다. 큰돈을 가지고 와봤자 그걸 쓸 방도가 없다. 중국인들은 자본도 없이 와서 거액을 모아 귀국한다.

46. 우물 안 개구리. 영국 영사관의 고용인 최 씨가 말했다. "영국인들은 하루 50냥씩의 담배를 피우더라. 50냥이면 일가 식구들이 먹을 수 있는 밑천인데 그 교만과 사치를 생각하면 영국이라는 나라는 곧 망하게 될 것 같다." 가난한 나라에 태어나서 거친 식사도 배불리 먹을 수 없는 형편의 조선인이 누구를 걱정하는가.

47. 조선 여행. 방안에는 빈대, 모기, 이, 벼룩이 많아서 도저히 실내에서 잠을 잘 수가 없다. 여름에는 객사 주인도 실내로 인도하지 않고 정원 혹은 길 위에 돗자리를 깔고 목침을 가지고 와 그 위

에서 자게 한다. 마른풀을 태워서 모기를 쫓아내지만 연기를 마시는 통에 잠을 잘 수가 없다.

48. 선착장. 조선 강에는 대개 교량이 없다. 배로 건너가거나 배가 없을 때는 그냥 옷을 벗고 헤엄쳐 간다.

49. 요리점과 여관. 조선의 요리점과 여관은 이름뿐이고 차라리 없다고 해도 틀린 말이 아니다. 요리점을 주막이라고 부르는데 여기에 따로 손님 방이 없다. 대충 마부, 가마꾼, 여행객들이 앉아 술 마시고 음식을 먹는 곳이다. 주막은 음식값만 받고 숙박료를 요구하지 않는다. 메주를 천장에 매달아두는 집도 있어서 그 냄새가 코를 찌른다. 또 담배를 좋아해서 실내는 담배 연기가 자욱하다. 참을 수 없는 지경이어도 문을 열어 환기를 시키지 않는다. 한방에 수명이 여기저기 흩어져 누워있어 야외 노숙이 낫다는 생각이 든다.

50. 길옆의 부뚜막. 여행하는 사람은 반드시 길옆에 돌을 쌓고 불을 때서 그을린 흔적이 나는 작은 부뚜막을 보게 된다. 여행객이 스스로 밥을 지어

서 식사를 한 흔적이다. 조선의 여행객들은 되도록 여관에서 식사하지 않는다. 이 모두가 가난 때문이다.

51. 불결. 불결함은 조선 명물이다. 경성은 말할 것도 없고 팔도 가는 곳마다 도시다운 도시가 없다. 거리에는 가축 배설물과 인분이 가득 차 있다. 시장 중앙에 공동변소가 있지만, 그것은 짚으로 지붕을 엮고 거적을 두른 조잡한 것인데 똥을 받아먹는 개와 돼지가 있다. 음식물 불결함도 이 나라 특색인데, 썩은 생선과 야채를 사용하는 것은 물론 음식물을 조리하는 과정에서 자신의 입 속에 들어간 숟가락으로 계속 간을 본다. 콧물을 닦은 손으로 김치 항아리를 젓는 등 도저히 상상할 수 없는 일이 벌어진다. 객사에 목욕탕이 없어 여행객들이 고통스럽다.

52. 좁은 도로. 내가 찾아가는 구포는 경성에서 큰길과 접한 곳이다. 그런데 목적지 근처에서 아무리 둘러보아도 큰길이 보이지 않았다. 잘못 들어왔나 싶어 샅샅이 뒤져보아도 결국 큰길은 아무 데

도 없었다. 조선의 도로가 형편없다는 사실에 놀랐다. 이런 논두렁 같은 도로를 어떻게 달구지가 통행할 수 있을까. 부산에서 경성까지의 도로는 모두 이와 비슷하다. 군대는 일렬로 가지 않으면 통행하기도 어렵다. 오직 경성에서 의주 가는 도로만 다소 정돈되고 조금 넓어 군대의 2열 행군이 가능할 정도였는데, 이는 중국과의 사대 결과로써 중국 사신 왕래 길이라 다른 길보다 좋게 만들었을 뿐이다.

53. 민둥산. 산은 대부분 민둥산으로 수목이 없어 조금만 가물어도 수원이 바로 마른다. 이럴 때면 논밭이 갈라지고 벼 모시대종이 붉은색을 드러내어 백성들이 고생하고 근심한다. 조선에는 수차가 없어 겨우 물통으로 물을 퍼 올리기에 실로 불편함은 말할 수 없다. 가뭄이 계속되어 수확이 없는 때 아녀자를 부잣집이나 중국인에게 팔아서 겨우 쌀과 보리를 구했다. 뺨에 뼈가 튀어나올 정도로 마른 사람들이 비틀거리며 지팡이에 의지해 걷는 모습은 차마 쳐다볼 수 없을 만큼

참담하다. 당신 나라에 "왜 수목을 심지 않는가?"하고 물어보면 "호랑이 피해가 두려워 산에 나무를 심지 않는다." 애써 꾸며대곤 한다.

54. 제방. 조선 팔도의 하천은 평소에는 물이 적거나 완전히 말라버린 상태지만 조금이라도 비가 오면 물이 바로 불어난다. 비가 여러 날 내리면 홍수가 범람하는데, 이때 홍수로 밭이 잠기는 것을 염려해 사람들은 될수록 물가를 피해서 경작하는 것이 보통이다. 제방 사업이 발달하지 않았기 때문이다. 그래서 좋은 경작지가 있어도 종자를 뿌리고 묘를 심는 것이 불가능하다. 낙동강 삼각주가 있는데, 매우 비옥한 땅이지만 호미 한번 쓸 수가 없다.

55. 공동체 정신의 부재. 제방 사업에 한정되지 않더라도 무슨 사업에서든 사람들이 공동으로 일을 성사시키는 것은 조선에서는 바랄 수가 없다. 도로가 수리되어 있지 않고, 위생적이지도 못한 것도 공동체 정신이 부족한 것이다. 아무리 좋은 사업이라도 개개인의 소자본을 가지고 일시적

으로 도모하는 습성이 있기 때문에 안동포, 화문석, 부채 등의 우수한 산물이 있음에도 늘 공급은 수요를 따라가지 못한다. 해외 판로를 열려는 의지가 없으며 상공업은 여전히 발달하지 못하고 있다.

청나라가 대군을 조선에 파병하자 일본은 대륙으로 진출하려는 꿈이 무산되는 것을 막기 위해 원정군을 파병하기로 결정했다. 그리고 우지나항에서 출발한 제2차 수송제대가 인천에 도착하자 혼성여단장 소장 오오시마 요시마사는 제1차 수송제대를 즉시 용산으로 옮겼다.

전쟁에서 패배한 역사는 늦었다는 데 있다. 적의 치명적 의도를 이해하는데 늦고, 대비 태세를 갖추는데 늦고, 저항을 위해 세력을 규합하는데 늦으면 무조건 패배다. 이것이 고대부터 현대까지 하나의 원칙과 다름없는 전쟁의 고유한 공통점인 동시에 특징이다.

혼성여단장은 신속히 부대편성을 마치고 보병 제

11연대 1대대와 기병 1소대를 경성수비대 임무를 주고, 이 중에 제1대대 3중대를 용산 병참수비대로 임명하였다.

당시 일본군 계급 체계는 대장, 중장, 소장, 대좌, 중좌, 소좌, 대위, 중위, 소위, 준위, 병조장, 조장, 상등병, 일등병, 이등병이었다.

6월 22일, 여단장 오오시마는 각 부대에 새로운 임무를 하달했다. 인천 병참수비대는 보병 제21연대 11중대와 기마 7기. 임진진 독립지대는 보병 제21연대 제2대대와 기명 1개 소대, 포병 2개 소대, 공병 1개 소대, 야전병원 반부. 부산수비대는 보병 제21연대의 하라노 중대에게 각각 임무를 주고 당부했다.

"임진진은 요지다. 우리 군이 아산으로 진군할 때 청군이 기습 공격하면 경성이 매우 위험하다. 야마구치 게이조 소좌는 보병 3개 중대, 포병 2개 소대, 기마 27기를 통솔해 방어에 만전을 기하라. 만약 인원이 부족하면 사병 즉 죽은 병사를 시켜서라도 지켜내라. 인천과 부산은 수로 병참선 기지이자 본국과의 유일한 연락선이다. 차질 없이 운영하라."

　이러한 까닭으로 일본군은 총 24개 중대 중 9개 중대를 쪼개지 않으면 안 되었다. 당시 1개 중대는 200명, 1개 대대는 800명이었다.

　나머지 부대는 제2야전병원과 함께 오류동으로 옮겼다. 그리고 남진을 위해 보병 13개 중대 3,000명, 기병 1개 대대 47기, 산포 8문으로 부대를 다시 편성하였다.

　7월 23일 일본군이 경복궁을 기습 점령했다. 이때 조선의 경성수비대가 무기를 버리고 모두 도주해 일본군이 경성과 궁궐까지 수비해야 하는 어처구니없는 일이 벌어졌다. 그날 일본공사 오오토리 게이스케와 함께 입궁한 제2대대장 야마구치 케이조 소좌가 칼을 빼들고 고종을 위협해 청나라로부터 독립선언을 요구했다는 설도 있지만 이 사실을 아는 사람은 없다. 하지만 그 후 김홍집 친일 내각이 구성되었다.

　19세기 산업혁명으로 공업 기술 발달이 총기의

발달을 촉진시켰다. 1836년 프랑스와 독일에서 뇌관식 격발장치가 만들어졌다. 뇌관이 있는 탄환, 장약과 탄환을 분리하는 탄환이 발명되었는데, 간편하고 빠른 후장식 소총에 본격적으로 사용된 것은 1860년부터다.

급변하는 시대에 조선 군인의 개인 화기는 화승총이었다. 화승총은 노끈에 불을 붙여 발사하게 하는 무기다. 점화법으로, 계두에 끼워져 있는 노끈에 불을 붙여놓은 뒤 방아쇠인 인금을 손가락으로 당기면 발조의 탄력에 의하여 계두가 총신 뒷부분에 있는 화명 속의 화약에 불을 붙였다. 결국 총신 속의 화약에 불을 붙여주는 방법이다.

위급할 시 언제 노끈에 불을 붙여 사격할 것인가. 조총보다 한 단계 발전된 총이지만 여전히 조준하기가 어려웠고 발사 간격이 길었다. 이뿐만 아니라 비가 올 때나 습기가 많을 때는 사용하기가 매우 불편했다. 신식 무기로 무장한 일본군이 궁궐에 들어오자, 궁을 지키던 조선 병사들은 기겁해서 들고 있던 화승총을 버리고 일제히 달아났다.

병사들의 모습이 나라의 거울이다. 병사들의 행동 속에 나라의 모습이 그대로 들어있다. 병사들의 비겁함을 말하기 전에 조선이 얼마나 미개했는지를 단적으로 보여주는 무지한 사건이다. 후진적 문제를 해결할 생각은 하지 않고 자신들만의 세계, 중국이 조선을 지켜줄 것이라는 믿음에 빠져 편견으로 일관한 결과였다.

친일 내각으로부터 청나라 군대를 몰아낼 권한을 부여받은 일본군 혼성여단장 소장 오오시마 요시마사는 전투 병력을 용산으로 집결시키고, 징발한 조선인 인부와 우마를 점검했다. 징발 조선인 중에는 발전된 일본 문물과 일본 군인의 참모습을 배우기 위해 인부로 자원한 상민 돌무치가 끼어있었다.

돌무치 집안은 양반, 중인, 상민, 천민 중에 대대로 상민이었다. 돌무치 아버지도 상민인지라 양반처럼 어엿한 이름은 갖지 못했고, 어려서부터 남들이 돌쇠라고 불러서 그냥 돌쇠가 되었다. 아들이 태어나자 자연스럽게 돌자 성을 붙여 흔한 상민의 이름 돌무치로 지었다.

돌쇠는 양반집 집사로 자주 심부름을 다녔는데, 그때마다 중국인, 서양인, 일본인, 러시아인을 보았다. 돌쇠는 세상이 변하고 있다는 것을 직감하고는 아들을 서당에 보내 한문을 배우게 하고 함께 언문도 깨우치게 하였다.

"무치야, 너는 글을 배워 노예 같은 쌍놈에서 벗어나야 한다. 물론 과거시험은 볼 수 없지만 말단 군졸이라도 된다면 그나마 중인으로 살 수는 있다. 전에는 왕이 직접 관리하는 착호갑사가 있었다."

착호갑사는 호랑이 사냥하는 부대인데 목전, 철전, 기사, 기창, 달리기, 들어올리기 등의 시험을 통해 무예가 뛰어난 자를 선발하였다. 그때도 활이나 창으로 호랑이 2마리를 잡은 자는 시험을 면제하고 착호갑사로 임명하였다.

"지금도 호랑이를 잡아다 바치면 군졸이나 포졸이 되는 세상이 아니더냐. 일단 중인으로 살아야 양반이 될 수 있는 기회를 얻을 수 있는 것이여!"

 청나라에 바치는 많은 진상품 중에, 중국 관리들이 선호하는 조선 호랑이 가죽도 있었지만, 이 무렵 조선 땅에서 호랑이 보기란 하늘의 별 따기만큼 힘들었다. 어쩌다 포수가 호랑이를 사냥한 날이면 고을 수령은 '호랑이 잡은 포수'를 관아로 초청하여 성대한 잔치를 벌였다. 호랑이 가죽은 곧바로 조정으로 보내졌고 포수는 대번에 영웅이 되어 군졸이나 포졸이 될 수 있는 위치로 올라섰다.
 천민은 까닭 없이 죄지은 사람이었다. 짐승으로 분류된 천형을 받은 사람이었다. 천민의 종자라는 이유 하나 때문에 사람과 사람에게 소외당하는 처지였다. 죽는 것보다 듣기 싫은 쌍놈, 노비의 자식이 그들이었다.
 깅싱에 들어온 일본군이 조선인 짐꾼을 모집하사 돌쇠는 아들 무치를 불러 무겁게 당부했다.

 "일본군을 따라다니며 시대의 변화를 빨리 깨우

치고, 발전된 일본 문물과 일본 군인의 자세를 게으름 없이 배워라. 그리고 조선의 군인이 되어라."

7월 25일 아침 일본군 혼성여단장 오오시마는 병력 3,000명을 이끌고 용산을 출발해 한강으로 갔다. 그리고 한강 도하 직전에 병사들에게 당부의 말을 전했다.

"용기 있는 사람은 두려워하지 않는다. 지혜로운 사람은 당황하지 않는다. 어진 사람은 근심하지 않는다. 나에게 닥치는 일이 좋은 일만 있을 수 없다. 좋은 일도 나쁜 일도 언제까지나 계속되지 않는다. 나쁜 일이 일어났을 때 너무 괴로워하면 내가 나를 힘들게 한다. 군인이 되기는 쉬워도 군인답기는 어렵다. 사물은 극에 달하면 반드시 반전한다. 스러지면 스스로 일어나 겸손하게 싸워야 한다. 오늘의 태양이 내일도 떠오른다. 꽃이 피었다고 모두 열매를 맺는 것이 아니다. 희망을 품은 사람만이 꿈을 이룬다. 군인은 전장에서 죽으면 영광이다. 전쟁의 승리는 신속한 데에 있다. 우리는 신속하게 전쟁을 끝내야 한다."

 일본군은 출정하기 전에 이상한 부대 하나를 어쩔 수 없이 만들었다. 각 부대에서 서기 1명, 급양담당하사 1명, 전령기병 5명, 여기에다 취사도구짐말과 한전짐말을 소집해 부대를 편성했다. 이유는 조선 화폐와 일본 화폐가 환전되지 않았고, 모든 지급은 조선 돈으로만 사용해야 했기 때문이었다. 조선 돈은 부피가 크고 무거워 많은 짐말이 필요했다. 행군 중에 생선이나 채소를 구입할 때마다 몇 마리의 짐말 돈이 소용되었으니 불편하기가 그지없었다.
 한강을 무사히 도하한 오오시마의 혼성여단이 첫 번째 야영지인 과천을 향해 힘차게 출발하였을 때, 인천 병참지부장 요코타 소오타로 대위로부터 보고가 올라왔다.

 "오전 9시 45분 아산만 근해에서 갑작스럽게 포성이 일어났는데 아직은 그 이유를 모르겠습니다."

그러자 여단장은 전위사령관으로 임명해 미리 출발시켜 수원에 도착해 있는 다케다 중좌에게 기마소대를 급히 보내 사태를 파악하도록 했다.

또 한편으로는 보병 제11연대 1중대와 기병 5기로 동로독립지대를 편성했다. 동로지대는 오가사와라 분페이 대위가 이끌고 동작진, 과천, 용인, 안성을 지나 직산으로 가게 했다. 즉 여단의 좌측을 경계토록 한 것이다.

계속 남진 중인 일본군은 그날 오후, 일본 군함 함장 도고 헤이하치로가 청군 전함을 아산만 근해에서 모두 격침, 수장시켰다는 소식을 전해 듣고 한껏 고무되어 행군을 잠시 멈추고 일본제국과 천황을 위한 만세삼창을 불렀다.

"우리 해군이 서해에서 청군과 싸워 대승하였다. 작금의 일청전쟁에서 하늘은 우리 편이다. 하늘이 우리에게 서광을 비춰주니 대의를 위해 동심협력하기 바란다. 상대의 무리가 함성을 지르며 몰려와도 결코 두렵지 않다. 우리의 승리가 저 앞에 있다. 어서 가자!"

처음 조선에 건너왔을 때는 낯선 풍경이 불안해 속울음을 삼키기도 했지만, 끔찍한 슬픔으로 잠들어도 아름다운 꿈을 꾸면 된다고, 일생에 한 번 찾아오는 별의 순간을 잡아야 한다고, 이 전쟁을 끝으로 더 이상 싸움이 필요 없는 세상을 만들어야 한다고, 마음을 다잡는 생각에 지금까지 희미했던 미래에 대한 예측이 한층 밝아져 병사들 가슴마다 승리의 확신이 환하게 들어앉았다.

조선 인부 징용은 상당히 어려웠다. 여단 사령부는 꼭 필요한 것만 챙기고 장교의 짐뿐만 아니라 개인 휴대 짐은 가져가지 못하게 하였다. 이는 곧 있을 실전 상황을 제대로 인식한 까닭도 있지만, 신속한 이동과 기습공격만이 승리를 가져온다는 여단장의 전쟁 철학 때문이었다. 비교적 가까운 거리인데도 일본군은 그날 저녁 과천에 도착해 솔밭에서 노영하였다.

일본군 남진에는 지지신문 외 20여 개의 신문사 종군기자들이 따라갔다. 복장은 대부분 감색 양복에 중산모자를 썼고, 신은 게타, 짚신, 장화 등 각자 취향대로 신었다. 또 사무라이처럼 허리에 칼을 찬 기자도 있었다. 식량은 한 번에 3일 치씩 배급받았는데 모두 본인이 휴대했다. 찌는 여름, 기자들도 고난은 행군하는 병사들과 별반 다르지 않았다. 걸어서 도착하는 마을마다 우물이 적어 갈증으로 많은 어려움을 겪었다. 전쟁을 옆에서 관람하는 처지가 아니었다.

오오시마 요시마사는 1850년 9월 20일에 태어난 일본제국 군인이다. 관동도독, 군사참의관제3사단장 등을 역임했다. 성환전투, 평양 육전, 압록강 공방전, 요동 우장전투에서 승리해 1895년 남작에 봉해졌고, 이어 1907년 자작에 올랐다. 1926년 4월 10일 사망했다. 전 일본 총리 아베신조의 외증조부가 된다.

풍도 해전

당시 일본해군의 목표는 아산에 주둔한 청나라 군대의 해안을 봉쇄하고 육군으로 하여금 포위하게 하는 것이었다. 1894년 7월 25일 아침, 아산 근해를 순찰하던 순양함 요시노, 나니와, 아키쓰시마호로 구성된 일본 제1유격부대가 청나라 군함 제원호, 위원호, 광을호와 그리고 영국 기선 고승호와 마주쳤다. 이날 일본 해군함대는 아산으로 물자를 나르는 또 다른 청나라 군함 조강호를 만나기 위해 순회하던 중이었다.

파도가 잠든 아침 바다는 잔잔했다. 동쪽 뭍에서 눈부신 태양이 한 뼘 떠올랐다. 가끔 갈매기가 파란 하늘을 하얗게 갈랐다. 바람에 실려 온 물비린내가 자꾸만 코끝을 건드렸다. 이렇게 고요한 조선의 바다인데 타국의 병사들은 무엇에 이끌렸는지 죽음 속으로 지날았다.

영국 기선 고승호는 톈진연군 병사 700명, 친병전영 병사 300명, 호위영 포병 200명, 그리고 대포 12문을 탑재하고, 7월 23일 오후 톈진에서 출발해 아산만 근해에 이르렀을 무렵이었다. 일본 전함의 첫 목표물은 화력이 가장 강한 제원호였다. 교전이 시작되자 제원호 함장 방백겸은 백기를 내걸고 도주를 명령했다. 한 시간 전투 끝에 위원호는 격침되었고, 광을호는 화약고가 폭발하여 좌초되었고, 제원호만 탈출해 무사히 본국으로 돌아갔다.

나니와호 함장 도고 헤이하치로(러일전쟁 때 러시아 발트함대를 조선 해협에서 전멸시킨 일본의 전쟁 영웅)가 고승호에게 항복을 요구했지만, 다섯 시간의 협상에도 불구하고 청군이 항복을 거부했다. 그러자 도고 헤이하지로는 배에 타고 있는 청군의 군무로 참여한 독일 장교 '한네겐'과 영국인 등 외국인을 모두 하선시킨 후, 오후 1시 어뢰를 발사해 고승호는 30분 만에 침몰했다. 이어서 오후 2시 군량미 수송선 조강호를 나포하였다. 전투 개시 8시간 만에 청군 1,200명 중 살아남은 자는 167명뿐이었다.

한여름 풍도는 들꽃 천지였다. 풍도 사람들과 아무 상관없이 해전에서 패한 청나라 병사의 시체가 무수히 떠돌았다. 이렇게 서해에 수장된 시체가 밀물지는 물결 따라 풍도로 떼를 지어 상륙했다. 이괄의 난을 피해 풍도로 피난 온 인조 임금이 심었다는 전설의 은행나무, 후망산 기슭에 서서 400년을 살아온 한 쌍의 거대한 은행나무를 바라보며 상륙했다. 죽음은 누구에게나 슬픈 것, 세상 밖을 모르는 풍도의 순박한 섬사람들은 밀려온 시체를 그러모아 들꽃 영토에 묻어주었다. 당시 이 섬은 단풍나무가 많아 풍도(楓島)였는데 훗날 풍도(豊島)로 이름이 바뀌었다.

1624년 1월(인조 2년) 평안도, 함경도 병마절도사 겸 부원수 이괄이 난을 일으키자, 인조가 '이괄의 난을 피해 남양만에서 배를 타고 풍도에 와서 잠시 머물다 대부도로 떠났다'라는 설이 있지만, 이때 인조는 2월 8일 밤 한양을 떠나 수원, 천안을 거쳐 공수 공산성에 머물렀다. 그리고 이괄이 길마재(무악재) 전투에서 패해 경기도 광주로 도주하자, 2월 15일 밤 이천 묵방리에 이르렀을 때 배반한 부하 장수들이 이괄의 목을 베어 관군에게 바쳤다. 이렇게 '이괄의 난'이 진압되자 인조는 2월 18일 공주를 떠나 전의현(현재 세종특별자치시 일대) 관아에서 하루를 숙박한 다음 2월 22일 환궁하였다.

  푸른 꽃잎이 흐드러진 바다
  해는 중천에 걸렸는데
  젊은 생을 처절하게 마감하는
  핏물이 사방으로 번졌다
  불타는 배 파도가 집어삼켰다

청나라 북양함대는 위해에 자리 잡고 있었다. 당시 최강 북양함대가 일본함대에 형편없이 깨진 배경에는, 청나라 가경제에 의해 멸문지화를 당한 화신의 후손 남춘이라는 기생의 간첩행위가 크게 작용했기 때문이다. 남춘은 자신의 가문을 멸망시킨 청조를 망하게 하려고 영화춘이라는 예명으로 북경에서 제일가는 운월루에 기생으로 들어갔다. 그녀는 누각을 찾는 고관들과 북양함대의 군인들을 유혹하여 정부 군사기밀을 빼냈다. 그들 중에는 북양함대에 근무하는 방백겸과 장사형이라는 고위 간부도 있었다. 방백겸은 북양함대 배를 관리하는 관료이고 장사형은 행정관료로 북양함대 사령관 격인 이홍장의 참모였는데, 영화춘은 이 두 사람의 연인으로 행세했다.

그때가 1890년쯤이었다. 영화춘은 누가 시킨 것도 아닌데 자신이 해야 한다는 사명감으로 북양함대 군사기밀을 빼내는 데 수고를 아끼지 않았다. 어느 날 장사형이 찾아오자 영화춘은 장사형 품에 안겨 속삭였다.

"당신이 북경까지 오는 수고를 하지 않도록 나를 위해로 데려다주세요."

"그러면 더 좋지."

며칠 후 장사형은 영화춘을 데리고 위해로 갔다.
위해는 북양함대가 있는 군사도시이기 때문에 청나라 해군들과 영국, 프랑스, 일본인들이 뒤섞여 북적거렸다. 영화춘은 위해의 최고급 누각 취향원에 자리를 마련했고, 여기서 일본 간첩 우에가와를 만났다. 우에가와는 중국식 이름 진용기라는 이름을 사용하고 있었다. 영화춘은 진용기에게 마음을 빼앗기고 자신이 수집한 군사기밀을 전부 넘겨주었다. 그가 일본 간첩이라는 것을 이미 잘 알고 있었다. 영화춘은 장사형으로부터 얻은 청나라 군대가 조선의 동학란을 진압하러 간다는 정보와 북양함대에 탄약이 부족하여 전투할 수 없다는 것 등, 온갖 정보를 우에가와에게 전달하였다.

 영화춘의 이적행위와 방백겸, 장사형 등의 문란한 사생활로 인해 1894년 7월 25일 아침 아산만 근해 풍도 앞바다에서, 북양함대의 전방함대인 정여창의 군함을 일본 유격함대 도고 헤이하치로가 공격하여 수장시켰다. 이때 제원호, 위원호, 광을호 중 화력이 제일 강한 제원호가 총 한번 쏘지 않고 혼자 도주했는데, 제원호 함장 방백겸의 군인정신을 미루어 짐작할 수 있다.

 청나라의 자랑 '침몰하지 않는 전함' 북향함대는

1894년 10월 24일 일어난 압록강전투 때 일본함대에 의해 무참히 패배해 대부분 저 깊은 황해 바다 속으로 사라졌다. 이어서 위해에 상륙한 일본군에 의해 위해가 불타고 있을 때 영화춘과 우에가라는 '청나라는 망했다.' 이런 내용의 삐라를 뿌렸다. 이때 영화춘은 성난 청나라 군인들에게 붙잡혀 목이 잘리는 최후를 맞이했다. 하루만 지나면 일본으로 떠나려고 했지만, 희대의 미녀 간첩 영화춘의 운명은 여기까지였다.

7월 25일 일본군 전위사령관은 청군이 아산만에서 이동할 것이라는 소문을 듣고, 즉시 남양, 아산, 천안 방면으로 기마 척후대를 파견하여 정찰시켰다. 그리고 26일 척후장 기병 대위 토요배 신사쿠로부터 보고가 올라왔다.

"청군이 아산에서 성환으로 이동 중입니다."

일본 혼성여단은 26일 수원에 도착했다. 이때 오류동에서 출발해 오른쪽을 경계하며 전진한 제21연대 제3대대장 고시 소좌와 조우했다. 해서 남진하는 일본병력은 총4,000명으로 늘어났다.

혼성여단장 오오시마 요시마사는 청군이 아산만에서 성환으로 이동 중이고, 평택 소사장에도 청군 기마병 12명 내지 13명이 있다는 보고를 받고, 아산만으로 진격하려는 계획을 바꿔 성환전투를 위해 부대를 다시 정비하였는데, 그날 밤 10시 여단장 앞으로 오오토리공사의 신서를 가진 특사가 도착했다.

"아산 청병의 철회시킨 일에 있어서, 어제 25일, 조선 조정에서 외무독부의 기명조인으로, 이 일에 처리 방법 대변의 의뢰가 있었기 때문에, 동의 위에 그에 합당한 처리가 서로 잘 되게, 이 일에 대해서 진행되는 것이다. 1894년 7월 26일, 특명전권공사 오오토리 케이스케"

일본공사는 신서와 함께 '일본 군대를 위해 내국인은 인마와 함께 그 징발에 응할 것,' 적토색으로 날인한 통리아문 문서를 보냈다. 신서 내용은 조선 조정이 인가한 통리아문 문서를 가지고 관아로 가서 필요한 대로 인마 고용 및 징발하라는 것이었다.

통리아문은 대내외 일을 관장하는 관청 이름이다. 그리고 잠시 후 청의 위안스카이가 섭지초에게도 통리아문 문서를 전달하였다. 이렇게 조선조정은 청나라와 일본에 조선의 인마를 징발할 수 있는 특권을 주었다.

아직도 조선은 정신 못 차리고 백성이 전쟁에 휩쓸려 죽든 말든 어느 나라에 붙어야 왕권을 유지할 수 있을까, 또 어느 나라를 섬겨야 자손 대대로 호의호식하고 살 수 있을까, 왕과 왕족과 조정 대신들은 오로지 자신의 이익만을 위한 눈치를 살폈다.

살며 백성이 간직해야할 인간의 원초적 마음은 무엇인가. 조선 백성들은 이유도 모른 채 원망할 권리마저 무능한 국왕에게 또 부패한 관리와 양반들에게 빼앗겼다. 분노를 내보일 표정마서 빼앗기고 표정 없는 인간 그림자로 살아야 했다. 그리고 어떠한 형식도 없이 당연한 현실로 받아들여야 했다.

하지만 그날 밤, 제21연대 제3대대에 속한, 징발한

조선 인마행군이 수원성 외벽에 묶어놓은 말 54마리 중 12마리만 남겨놓고 한꺼번에 도주했다. 귀중한 인마가 모조리 사라졌다는 소리에 낙담한 고시 마사츠나 소좌는 직접 여단장을 찾아가 보고했다.

"어젯밤에 성 밖에 매어놓은 말 54마리 중 42마리가 징발 조선인과 함께 도망쳤습니다. 많은 감시병을 배치했는데 어찌 된 영문인지 모르겠습니다. 지금 전 대대 병사들이 찾고 있습니다."

고시 소좌의 침통한 말에 여단장은 크게 놀랐다.

"전쟁의 승리는 속전속결에 있다. 진격에 늦으면 늦은 만큼 치명적이다. 어떠한 일이 있어도 남진에 차질이 있어서는 안 된다!"

그러나 수색한 보람도 없이 도망친 말은 한 마리도 찾아내지 못했다. 다시 운반력을 보충하는 데 시간이 필요해서 여단은 어쩔 수 없이 지체하게 되었다. 남진에 지장을 초래해 인책당한 대대장 고시는 그 밤을 뜬눈으로 지새웠다.

사무라이 정신
대결은 정당하게 1대 1로 일기토를 벌인다.
대결하기 전에 상대방에게 자신의 신분과 명분을 밝힌다.
일단 대결에 임하면 겁쟁이처럼 뒤를 보이지 않는다.
대결할 때 비겁하게 뒤를 치거나 기습하지 않는다.
갑옷에 있는 등 뒤의 틈을 가리는 것은 겁쟁이다.

오직 귀족만이 누릴 수 있는 사무라이 무사도는 일본의 혼이다. 스스로 규율을 만들어 자신을 억압하는 전통의 덕목 의(義), 용기(勇氣), 인(仁), 예(禮), 극기(克己)를 한시라노 잊으면 안 된다. 수군에 대한 절대적인 충성심이 전체주의 이념인 동시에 마음속에 자리한 종교이다.

"병사들아 깨어나라. 병사들아 겁내지 마라. 그대들은 충분히 일청전쟁을 이길 수 있다. 나의 죽음은 어쩌면 나의 욕심인지도 모른다. 그러나 나의 넋이 그대들을 수호할 것이니 용감하게 싸워 승리를 가슴에 간직하라."

대대장 고시는 어린 시절에 배웠던 '사무라이 정신 수양서'의 글 한 토막을 떠올렸다.

가난한 홀아비 무사가 떡장수 이웃집에 살고 있었다. 어느 날 떡집에 가서 놀던 무사의 어린 아들이 떡을 훔쳐 먹었다고 떡장수가 떡값을 내놓으라고 다그쳤다. 그러자 무사는 내 아들은 굶어 죽을지언정 떡 훔쳐 먹는 짓은 절대로 하지 않는다고 말했다. 그래도 떡장수는 당신 아들이 떡을 훔쳐 먹는 것을 본 사람이 있다고 계속 떡값을 내놓으라고 몰아세우자, 무사는 칼을 뽑아 순간적으로 아들의 베고는 배를 갈라 내장을 꺼내 떡을 먹지 않았다는 것을 입증해 보였다. 떨고 있는 떡장수를 증오의 눈으로 노려보던 무사는 그의 목을 단칼에 날렸다. 그리고 정좌하고 앉아 자신의 아랫배를 그었다.

 군인으로 살며, 군인의 본분을 지키며, 군인의 책임을 다하기 위해 대대장 고시 마사츠나 소좌는 27일 오전 5시 비장한 최후, 복부에 인간의 영혼과 애정이 깃들어 있다는 무사의 신앙으로, 복부를 한일자로 깊게 그리고 길게 가르고 할복하였다. 당신의 이름도 쓸 줄 모르는 어머니, 욕심이 무언지도 모르는 어머니, 들창에 물 한 그릇 떠 놓고 아들의 안녕을 비는 어머니를 두고 먼저 갔다.

 눈 감아도 보이는 그대 얼굴이
 귀 막아도 들리는 그대 목소리가
 나비처럼 허공을 너울거리다
 슬픔이 흐르는 하늘 강을 건너서
 아침 문이 부시게 열리기 전에
 우리 가슴에 들어와 꽃으로 피었다

 '함께'라는 말은 참 소중한 말이다. 우리는 서로 함께해야 행복하다. 인생을 즐기는 방법이 함께 하는 것이다. 양보하는 마음도 함께 하는 조화로움인데 무엇이 목숨보다 중한가. 대대장 고시 마사츠나 소좌의 죽음이 몹시 애통했지만 여단장은 슬픔을 몸 밖으로 내보일 수가 없었다.

여단 사령부에는 코미네 겐사쿠 통역사가 있었다. 통역사는 도망가지 않은 징발 조선인 두 사람을 불러 물었다.

"너희 두 사람은 어째서 도망가지 않았느냐?"

그러자 나이 든 사람이 먼저 대답했다.

"나는 딱히 갈 곳이 없어서요."

다시 통역사가 물었다.

"그럼 너는!"
"저는 발전한 나라 일본 문물을 배우고, 일본 군인 정신을 알고 싶어 도망치지 않았습니다."

"네 이름이 뭐냐?"
"돌무치(乭無治)입니다."
"나이는?"
"열여덟 살입니다."
"글은 아느냐?"
"천자문은 떼었습니다."

통역사는 잠시 돌무치를 훑어보더니 곧바로 명령했다.

"너, 지금부터 내 곁에서 일하라."

통역사 코미네는 병졸 몇 명과 조선 조정에서 보내온 통리아문 문서를 가지고 급히 수원부로 갔다. 그러자 군수는 자기가 데리고 있는 청리를 특사로 임명해 일본 군인에게 붙여 함께 마을을 순회하게 하였다. 그러나 통역사 코미네는 조선말을 모르는 체하며 청리를 따라다녔다. 어느 마을에 도착하자 청리가 우마 주인에게 말했다.

"오늘 일본군이 우마를 약탈하러 올 것이니, 신속히 먼 데로 끌고 가야 한다. 이렇게 말하는 것은 너그러운 군수가 너희들에게 은혜를 베풀려는 마음이 간절하기 때문이다."

코미네가 돌아와 이런 사실을 자세히 보고하자 여단장은 격노했다. 징발 조선인이 도주해 남진에 큰 차질이 생겼는데, 수원 관아마저 말을 듣지 않는다면 이번 전쟁에서 승리를 장담할 수 없다고 생각한 여단장 오오시마는 대대장 고시를 잃은 슬픔의 분노가 다시 끓어올라 주먹으로 탁자를 치며 소리쳤다.

"일개 군수가 어떻게 왕명을 거역할 수 있느냐!"

그러자 통역사는 즉시 전령을 보내 군수를 자신의 막사로 불러들이는 동시에 군수를 압박하기 위한 무장한 병사 20명을 배치했다. 군수 뒤에는 항상 정동이라는 시중드는 하인이 긴 끈의 인장함을 받들고 따라다녔는데, 인장함은 단단한 놋쇠로 만들어져 있었다. 앞으로 일어날 일을 전혀 모르는 군수가 관복 자락을 휘날리며 다가오자 통역사 코미네는 인장함을 군수 머리를 향해 힘껏 집어 던졌다.

"통리아문의 공문은 조선 국왕의 성지에서 나온 명문이다. 지금은 이에 위배 될 뿐 아니라, 몰래 청나라를 도우려는 것은 언어도단의 소치다. 이와 같은 폭상을 끝까지 한다면 우리 일본 군대는 너를 적으로 볼 수밖에 없다."

통역사 코미네의 계략이었다. 통역사는 오직 군수를 겁박하기 위해 신주단지처럼 받들어 모시는 인장함을 일부러 군수 머리 쪽으로 던졌다. 왕의 옥새에 비하면 군수 인장은 한 장의 낙엽에 불과하다는 것과 왕명을 어기면 그 자리에서 죽을 수 있다는 것을 알려주기 위해서였다. 이런 까닭을 알 리 없는 정동은 목숨보다 소중한 인장함을 재빨리 주워 들고는 사시나무처럼 벌벌 떨었다.

 이 광경을 고스란히 지켜본 무치는 혼란스러웠다. 왜 남의 나라 사람이 남의 나라에 와서 큰소리치는가. 그리고 조선 관리는 무엇 때문에 죽은 듯이 행동해야만 하는가, 이러한 모든 일은 나라의 힘인 군대가 없기 때문이라고 생각되었다. 무치는 징발 조선인이 도주했다는 이유로 일본군 대대장이 책임을 통감하여 자살한 것을 보고는 일본 군인정신이 무언지 어렴풋이 알게 되었다. 한편으로는 일본군이 대궐로 들어오자 왕을 버리고 도주하는 조선 군인과 자신의 책무에 다하지 못함을 속죄하기 위해 자결하는 일본 군인의 사무라이 정신을 비교해 보았다.

 통역사가 던진 인장함이 다행히 군수를 비껴가 다치지는 않았지만 군수는 간담이 서늘해졌다. 현실 지옥을 직접 체험하는 순간이었다. '누가 내 생명을 용인했던가. 누가 나의 정신을 어지럽게 했던가. 지금은 저항 없는 시간이다.' 목숨이 붙어있는 것만으로도 다행이라고 여긴 군수는 관아에 들어서자마자 모든 관속을 동원해 뜰 앞에 집결시켰다.

"어명이다! 지금 즉시 각 마을로 흩어져 소와 말과 그 주인을 데려오너라!"

27일 동로독립지대가 용인에 도착했을 때, 혼성여단은 전진해서 정오쯤 진위에 도착했다. 진위천은 남쪽으로 흐르고 있었고 물이 맑았다. 병사들은 누가 말하지 않아도 내일 아니면 모레 일대 결전이 있을 것이라고 짐작하고 있었다. 진위천에 알몸으로 뛰어든 병사들은 목욕하며 군복과 속옷을 세탁했다. 옛날 무사가 출전을 앞두고 갑옷을 손실했던 마음으로 땀에 찌든 몸을 씻었다.

통역사 코미네는 무치의 냄새나는 누더기가 눈에 거슬렸다. 이 무더운 여름 몇 날을 씻지 않고 사는 사람을 곁에 두고 있는 것은 참을 수 없는 고역이었다. 털가죽을 덮어쓴 짐승도 아닌 사람이 어떻게 그토록 오래 옷을 갈아입지 않을 수 있는가, 코미네는 일본 군복과 군대 속옷과 수건을 무치에게 내주며 다감하게 말했다.

"너도 저 병사들처럼 깨끗하게 목욕하고, 이 군복으로 갈아입어라. 그리고 입고 있는 옷은 다 버려라."

무치는 코미네 말대로 병사들이 없는 하류로 내려가 목욕하기 시작했다. 흐르는 시냇물은 보기만 해도 시원했다. 알몸이 모랫바닥에 닿도록 기우뚱하게 누웠다. 시냇물이 다가와 맨살을 간질였다. 흐르는 물은 어린 시절의 어머니 손바닥 같았다. 파란 하늘에 낯익은 한 여인의 얼굴, 어머니 모습이 구름으로 떠돌았다.

몸에 붙은 땀의 얼룩을 몇 번이고 밀어낸 무치는 물기를 수건으로 지우고 옷을 갈아입었는데, 처음 입어보는 군복이지만 몸에 잘 맞았다. 무치가 돌아오자 코미네는 어느 병사를 불러 무치의 더벅머리를 바리깡으로 사정없이 밀게 했다. 까까머리에 군모까지 쓰고 나니 누가 봐도 영락없이 계급장 없는 일본 군인이었다.

새 옷을 입었어도 무치의 얼굴은 변화가 없었다.

언제나 그늘진 얼굴을 가지고 살았다. 이 모습이 조선인의 특성이었다. '삶에 즐거움이 없는데 어떻게 웃을 수 있는가.' 조선은 서로 피하는 나라였다. 상민이 관리와 양반을 피하는 것은 당연하지만. 심지어 자식이 아버지를 피했다. 말을 타고 행차하는 관리와 양반들을 피하기 위해 신분이 낮은 사람들이 숨어 다니는 길, 실제로 '피맛길'이 있는 나라가 조선이었다. 세상 질서가 급히 변하는 데도 조선은 자기들끼리 헛된 꿈만 꾸고 살았다.

외국의 두 나라가 쳐들어와 전쟁을 벌인 와중에 중심이 없는 왕의 조정은 친청파, 친일파, 둘로 나누어져 개인 이득만 계산하기에 바빴다. 또 한편의 사람들은 이도 저도 싫다고 러시아공관을 들락거리기 시작했다. 관리와 양반들을 피하던 백성들은 이번에는 청나라 군대와 일본 군대까지 피해야 하는 고통을 겪어야만 했다. 이런 현실을 잘 아는 고미네는 무치를 자기 막사로 불러 당부했다.

"사람을 피하지 말고, 먼저 웃으며 인사하라. 경선

불소(鏡先不笑)는 거울이 먼저 웃지 않는다는 뜻이다. 우리는 일을 한다고 늘 바쁘게 살지만 딱히 삶에 중요한 일은 하나도 없다. 절대로 바쁘게 살며 삶을 헤매지 말고 여유를 가져라. 가끔 새가 노래하는 것을 들으며, 꽃이 피는 것을 바라보며 웃어라. 그리고 지금 바로 곁에 있는 것들이 가장 소중한 것임을 명심해라."

'왜 웃으라는 거지' 무치는 혼자 곰곰이 생각했다. 웃는 것과 일하는 것이 무슨 상관인가. 무치는 사람들의 그늘진 얼굴을 모르고 살았다. 변하지 않는 뚱한 얼굴이 원래 태어난 모습인 줄 알았다. 미소가 한 생애를 구분 짓는다는 것을 아직은 깨닫지 못했다. 하지만 웃으며 먼저 인사하라는 말은 얼핏 알아들었다.

이날 여단장은 각 방면에서 날아온 첩보를 자세히 분석했다. 천안, 양성, 안성지방에는 청의 병사가 하나도 없고, 성환 북방에 3,000명 내지 4,000명의 병사가 사대막영을 만들고, 영 주변에 장벽을 둘러

싸고, 그 외에도 보루를 쌓아 보병과 포병이 야영하고 있다는 것을 알아냈다. 그러자 여단장 오오시마 요시마사는 오후 3시 동로독립지단장에게 훈령을 내렸다.

"여단은 목표를 아산에서 성환으로 바꿔 행군하여, 내일은 평택 소사장(안성천 주변의 넓은 평야)에 머물 것이다. 적정을 정찰하고 모레 29일 자정부터 결전을 치르겠다. 용인에 있는 동로독립지대는 여단보다 조금 늦게 전투에 참여해, 적의 동쪽을 포위하고 천안으로 가는 도로를 절단하라. 그러나 상황이 긴박해질 시에는 즉시 성환 월봉산으로 진격하라."

7월 28일 이른 새벽 소나기가 그치고 날씨는 더욱 화창해졌다. 혼성여단장은 오전 4시에 진위를 떠나면서 세부 훈령을 내렸다.

"보병 제21연대 4중대를 독립지대로 파견할 것이니, 오가사와라 마쯔쿠마 대위는 그 지형을 정확히 정찰해라. 혼마토 쿠지로오 대위는 한 지대를 통솔하여, 성환과 아산 간의 연락선을 측방에서 감시하고, 기회가 오면 적극적으로 이를 위협하고, 또 가능하면 그 선을 중단시켜라."

오전 8시 30분 전위부대가 먼저 평택 소사장에 도착했고, 이어서 정오에 본진이 도착했다. 소사장은 약간 높은 들판이었고, 그 앞이 확 트인 평야인데 대부분이 푸른 논이었다. 성환 월봉산 중심으로 진을 친 청나라 군대와 정면 대치해서 망원경으로 바라보니 커다란 깃발 3개가 보였다. 붉은 깃발에는 흰 글씨로 섭(葉), 섭(聶), 빙(憑)이 쓰여 있었다.

사령관 오오시마 요시마사는 조선인으로 가장한 척후병으로부터 얻은 여러 첩보를 통해 적의 주력부대가 월봉산 부근에 있고, 또 우신리와 안궁리에도 있다는 것을 이미 알고 있었다. 여단 본진이 평택에서 성환으로 가는 중앙도로를 따라 정면으로 진격하면, 길고 넓은 들 양쪽에서 협공을 받아 많은 사상자가 발생할 것으로 판단되어, 일단 안궁리와 우신리를 빼앗은 후 진격하기로 결정했다.

여단장은 좌익대에서는 니시야마 중위와 키마다 히로시 중위에게 동쪽 길인 안궁리와 대정리와 학정리로 가는 길을 파악하게 했고, 포병에서는 나가이 겐스케 중위와 타카노 타이스케 중위에게 척후를 파악하게 했고, 우익대에서는 나이토오 미츠투 중위와 히구치 치마타 중위에게 서쪽 길인 성환천을 따라 어룡리와 우신리와 송덕리로 가는 길을 파악하게 했다. 명령에 따라 중위들은 각각 조선인으로 변장하고 즉시 정탐에 들어갔다.

이어서 29일 오후 10시 여단장은 각 부대장을 자신의 노영지로 집합시켜 각 부대에 임무를 하달했다.

"오늘 밤 자정에 우리는 진격한다. 우익대 사령관 다케다 중좌는 보병 제21연대에서 4개 중대와 기병 5기와 공병 2개 소대를 이끌고 공격하라. 좌익대 사령관 니시지마 중좌는 보병 제11연대에서 6개 중대와 포병과 제11연대 12중대와 기병 5기를 이끌고 공격하라. 제11연대 제2대대장 소사 하시모토 마사요는 본진을 전위하라. 제2야전병원은 소사장 고지에 머무르고, 위생병은 본진을 따르라"

여단장은 나머지 중대와 포병단과 독립기병과 예비대를 몸소 이끌고, 전위병력을 앞세워 좌측과 우측을 공격하는 병력을 보호하며 진격하기로 마음먹었지만, 첫 번째 육상전투에 대한 부담감 때문에 대대장과 중대장에게 다시 한 번 당부의 말을 전했다.

"적을 아는 것을 지혜롭다고 하고 자신을 아는 것을 현명하다고 한다. 적을 이기는 것을 역심(力心)이라 하고 자신을 이기는 것을 강심이라고 한다. 따라서 자신과 싸워 이기는 사람이 진정 강한 사람이다. 나태와 교만과 불신을 버리고 창의적인 생각을 가지고 전투에 임해야 한다. 모든 일에 순서가 있지만 이번 전투는 신속한 야간기습이 승리를 가져다줄 것이다. 모두 명심하라."

4 청일전쟁 성환전투

청일전쟁 성환전투

풍도해전 패배로 본국으로부터 보급로가 차단된 청군은 이제 모든 것을 알아서 스스로 해결하지 않으면 안 되었다. 당분간은 비축된 보급품으로 견딜 수 있지만 그 끝은 섣불리 예단할 수 없었다. 아군이 아산에 고립되어 있을 때 일본의 수군과 육군이 동시에 들이닥친다면 아산은 매우 위험한 지역이라고 판단되었다. 섭지초와 섭사성은 급히 작전계획을 세웠는데 섭지초의 일방적인 의견으로 결론지었다.

"우선 아산을 떠나야 한다. 성환은 대군이 머물기에는 너무 좁다. 아군을 전방부대와 후방부대로 나누어 전투하다 불리하면 즉시 후방부대와 합세해 반격할 것이다."

 '무엇 때문에 대국인 우리가 작은 나라 조선에 와서 일본군과 싸워 목숨을 던져야 하는가. 일본과 전쟁을 하지 않아도 이 시간만 지나면 조선은 어차피 속국의 관계를 스스로 유지할 것인데.' 싸우지 않고 이기는 것이 최상의 병법이다. 섭지초는 대놓고 전쟁을 회피하는 비겁함을 내보일 수 없어 그럴듯한 핑계, 중대한 작전이라는 명분을 세운 다음 일단 뒤에 물러나 있기로 작정했다.

 7월 26일 새벽, 총사령관 섭지초는 정정연군 우영 병사 500명, 전영 병사 210명, 좌영 병사 210명, 마부소대 80명 모두 1,000명을 이끌고, 처음 군영으로 지목한 천안을 지나 물이 풍부한 금강 변에 자리 잡았다.
 그러자 총병 섭사성은 무의군부중영 병사 500명, 고북구연군우영 병사 500명, 정정연군중영 병사 500명, 노전영 포병 100명 포함 병사 500명과 연군

후영 마대 40명 등 병사 2,040명과 대포 8문을 대동해 둔포와 왕지봉을 거쳐, 우신리와 성환천변에 주둔했다.

한여름, 바람마저 잠들어 가만있어도 진땀이 줄줄 흘러내렸다. 더위에 지친 병사들은 시냇물에 뛰어들어 목욕하며 군복을 빨아 하천 둑에 널었다. 군복은 흰 무명옷에 붉은 조끼였다. 성환천은 갑자기 거대한 목욕탕과 빨래터로 변했다. 부산한 병사들 사이로 간간이 매미울음이 파고들었다. 가끔 나비가 벌거벗은 병사의 머리 위에서 너울거렸다.

우신리 병영의 밤은 첫날부터 고역이었다. 가축을 기르는 넓은 풀밭 목초지는 해충이 들끓었다. 견디다 못한 병사들은 쑥을 베어 마른풀과 나뭇가지를 섞어 횃불처럼 만들었다. 그리고 연기가 매워 눈물나는 쑥불을 피워 모기를 쫓았다.

고향의 달과 고향의 별과 다름없는 그 달과 그 별이 뜬 밤하늘이지만 오늘은 왠지 낯설다. 외로움을 꾹꾹 참고 속으로 삭이는 신세타령이 더 큰 외로움을 불러왔다. 고향을 떠나온 지 달포밖에 되지 않았지만 일 년이 넘은 듯 그리움이 간절히 밀려왔다. 병사들의 마음을 헤아린 섭사성은 자신의 마음부터 다 잡았다.

"동학 비도들을 진압하여 대국의 위상을 높이리라. 일본 역도들을 몰아내고 다시는 조선에 발을 딛지 못하게 하리라. 이것이 진군하는 대국의 당당한 모습이다. 이제는 참지 말고 망나니 춤을 추자."

다음날 27일 아침 부장 강자강이 수뢰병 60명과 약간의 병력을 아산에 남겨두고, 인자정영 병사 500명, 인자부영 병사 500명을 인솔해 성환 우신리에 도착했다. 이로써 청나라 병력은 3,040명으로 늘어났다. 이때, 총병 섭사성은 용산을 출발한 대규모 일본 군대가 평택으로 진격 중이라는 보고를 받았다.

정서가 고요한 자연의 노래를 듣고 살아야 할 젊음에게 누가 살인의 자격을 주었는가. 사내들의 불타는 야망 때문에 피 튀기는 전쟁을 하는데, 전쟁의 원인과 원한을 따져 무엇 하는가. 누가 더 잔혹한가를 따지기 전에 현실을 직시해야 한다. 고귀한 목숨을 던져 적을 섬멸하는 것이 군인의 본분이다.

심각한 상황을 감지한 섭사성은 눈뜬 아침부터 예하 부대 지휘관들을 불러 작전회의를 열었다.

"지금 사태가 매우 위중하다. 이 싸움에서 패한다면 조국과 황제에 대한 불충이다. 싸워 이길 방도를 세워라."

섭사성의 굳은 결의 말이 끝나자 부장이 일어나 벽에 붙어있는 임시로 그려낸 지도를 가리키며,

"싸울 수밖에 없다면 싸워 이겨야 한다. 지금 우리는 성환천 주변에 있는데 여기서 동쪽으로 5리만 가면 월봉산이다. 월봉산은 이 지역에서는 가장 중요한 감제고지다. 적의 움직임을 세심히 관찰할 수도 있지만, 토성 같은 조건을 갖추고 있어 방어하기에도 무척 용이하다. 따라서 평택 소사장과 정면으로 이어진 월봉산을 아군의 성으로 이용할 것이다."

이어지는 명령 하달은 배수진이었다.

"제1진은 월봉산을 감싸듯 산 아래 주변 논밭에다 일렬횡대로 개인 참호 및 분대 참호를 구축하고 전투에 만전을 기하라."

"제2진은 제1진과 같이 월봉산 하단 기슭에 참호를 구축하고 전투에 임하라."

"제3진은 월봉산 능선 따라 참호를 구축하고 있다가 위급한 곳이 생기면 즉시 지원하라."

"제4진 특별부대는 평택에서 성환으로 진격할 수 있는 길을 곁에 두고 일본군 기습을 대비하는 척후병 진지를 설치해 운영하라. 첫 번째 척후병 진지는 안궁리에 설치하고 두 번째 척후병 진지도 안성천과 가까운 영통리에 설치한다. 포병은 각 포를 1진 앞에 설치하는데 사격하기 용이한 평지를 택하라. 그리고 병참부대는 성산 자락 매곡리에 주둔하라."

작전참모의 전투계획 설명이 끝나자 청나라군은 이 일을 실행하기 위해 한곳에 집결하였다. 그러자 섭사성이 병사들에게 일장 훈시를 시작했다.

"집안이 좋지 않아 조선에 파병된 것을 탓하지 마라. 징기스칸은 아홉 살 때 아버지를 잃고 마을에서 쫓겨나 들쥐를 잡아먹으며 목숨을 연명했다. 배운 것이 없고 힘이 없다고 탓하지 마라. 징기스칸은 자신의 이름도 쓸 줄 몰랐지만 남의 말에 귀 기울이면서 현명해지는 법을 배웠다. 현실이 너무 막막하다고 포기하지 마라. 징기스칸은 목에 칼을 쓰고도 탈출했고, 얼굴에 화살을 맞아 죽었다가 다시 살아났다. 목숨 건 전쟁이 우리 직업이고 우리의 일이다. 적은 내 몸 밖에 있는 것이 아니고 내 몸 안에 있다. 나를 극복하는 순간 내가 바로 징기스칸이다. 각 부대는 즉각 맡은 임무를 실시하라."

총병 섭사성의 추상같은 명령에 따라 청군은 우신리에 병력 일부를 남겨두고 성환리를 지나 중리와 송곡에 걸쳐있는 월봉산으로 들어갔다. 수풀과 잡목이 무성한 장방형의 산, 청군은 이글거리는 태양을 등에 지고 이중, 삼중으로 각자가 은폐할 수 있는, 아니면 서너 명씩 들어가 엄폐할 수 있는 참호를 구축했다. 파낸 흙과 곁에 있는 돌을 모아 최대한으로 몸을 보호할 수 있는 개인호 및 분대 참호를 만들었다. 그리고 지휘소는 월봉산 정상 큰 바위 쪽에 설치하였다.

한편, 특별부대는 1개 지대를 안궁리와 영통리 가옥 주변에 각자 참호를 파고 주둔하게 했고, 우신리에는 1개 대대급 병사와 대포 2문을 설치했다. 그러나 포병은 공격자 움직임을 목격하기가 어려워 다시 포대를 성환리 쪽으로 이동시켰다. 결국 청군은 포대를 두 곳으로 나누어 중리와 성환리에 설치했다. 이어서 월봉산과 우신리를 잇는 연락 도로를 주막거리와 쇠편말을 통과하도록 개척했다. 또 정정연군 중영에서 우초영 병사 80명을 나누어 남으로는 직산, 서로는 둔포, 동으로는 안성, 북으로는 평택까지 정찰하게 하였다.

"지휘소에서 명령을 하달한다. 안궁리 특별부대는 즉시 성환과 평택을 잇는 안성천 다리를 파괴하라."

청군의 첫 번째 명령은 만근다리(성환전투 후에 청군이 망해서 붙여진 망군교가 변한 이름) 폭파였다. 그리고 다음 날 섭사성은 은빛 털이 눈부신 백마를 타고 우신리를 떠나 월봉산으로 올라갔다. 크지도 높지도 않은 산이지만 사방의 시야가 한눈에 들어왔다.

"과연 감제고지라고 할만 하군."

감제고지는 적의 활동을 살피기에 적합하도록 주변이 두루 내려다보이는 지형이다. 모든 물질적 힘의 작용은 위에서 아래로 미치는 것보다 아래에서 위로 미치는 것이 훨씬 어렵다. 전투에서도 물질적 힘의 작용은 동일하다. 높은 곳에서 낮은 곳으로 사격하면 명중률이 현저하게 높아진다. 무엇보다 공격과 방어를 동시에 할 수 있다.

월봉산 정상 청국군 지휘소에서 바라보면, 전면이 평택 소사장이 있는 북향이고, 뒤편이 성산과 성거산이 보이는 남향이고, 서편이 송덕리, 염작을 지나 둔포로 가는 길이고, 동편이 초가집 몇 채 띄엄띄엄 보이는 학정리였다. 동쪽 학정리를 지나면 입장이 나오고 거기서 조금 더 북동쪽으로 가면 안성이 나온다.

일본군 지휘소가 있는 소사장에서 성환 월봉산을 바라보면, 산등은 동쪽에서 서쪽으로 300m 정도이고, 동쪽에 솟은 작은 봉우리에는 소나무가 있는데, 이것을 멀리서 바라보면 그 모습이 리속, 아른바 케시보오즈(양귀비 열매)라고 말하는 어린이 머리를 닮았다. 그래서 일본군은 이 작은 봉우리를 케시보오즈야마라고 불렀다.

시시각각 조여 오는 긴장감, 아직은 칠흑 같은 어두운 밤이다.

"치맛자락 늘어뜨린 고요를 들추고 밤안개같이 움직여라. 신속히 진격하여 해가 뜨는 아침에 전투를 끝내야 한다."

1894년 7월 29일 자정 일본군 좌익대의 전위대대 소좌 하시모토 마사요가 제일 먼저 소사장을 출발했고, 그 뒤를 이어 우익대가 출발하였다. 나머지 제대는 본진으로 하여 밤 2시 소사장을 출발하였다.

"지금이 우리에게 가장 소중한 시간이다. 이번 성환전투는 최대한 빠르게 움직여 피해가 적은 승리를 거두어야 한다. 모두가 하나뿐인 목숨을 걸고 싸우지만 가장 중요한 것은 만고에 길이 남을 전쟁의 승리다. 지극히 사소한 일이 커다란 사단을 불러올 수 있으니, 모두가 조심하고 또 조심하라."

혼성여단장 오오시마는 전투에 임하는 각 부대장에게 나직이 그리고 무겁게 말했다.

두 편으로 나누어 먼저 출발한 좌익대는 청의 안궁리 진지를 공격하고, 또 한 편인 우익대는 어룡리를 지나 연이어서 우신리 청의 진지를 궤멸하는 것이었는데, 별 하나 보이지 않는 죽음의 밤에 여간해서 앞을 분간할 수 없는 야간기습은 결코 쉽지 않았다. 장마 끝이라 안성천과 성환천의 물은 많이 불어나 있었고, 개활지는 곳곳이 수렁으로 변해있었다. 일본 전진 부대가 강이나 다름없는 안성천을 겨우 건너니 이번에는 정강이까지 푹푹 빠지는 늪 같은 논이 나타났다. 시간이 지날수록 선두가 수시로 정지해서 행군이 매우 정체되었다.

그러자 대대장은 우익대 보병 제21중대장 마쯔자키 나오오미 대위를, 전위부대 대위 야마다 카즈오 대신 제3대대 12중대장 대리로 하고, 전투지역의 행군에서 부대의 전방을 경계하면서 수색하는 첨병의 임무를 주고는 활로를 개칙하게 하였다.

야간 행군은 정숙이 생명이었다. 정체되는 원인을 말로 물어볼 수도 없었다. 야간 행군은 한 방울의 빛도 허용하지 않았다. 어떠한 불빛으로도 길을 밝

힐 수 없었다. 오로지 더듬이 같은 손을 내밀어 앞의 병사를 마음속 등대로 삼아 소리 없이 전진할 뿐이었다. 오전 3시쯤 좌익대 선발이 영통리에 도달했을 무렵.

"사격 개시!"

외침과 동시에 진지에서 숨죽이고 있던 청군의 철포탄약기총과 소총이 일제히 불을 뿜었다. 일군 기습을 대비하고 있던 청군이 사격을 개시한 것이다. 이에 일본군은 그 자리에 납작 엎드려 낮은 포복으로 기었지만 몇 명의 부상자가 생겨났다.

그래도 일본군은 논바닥 진흙에 복부를 밀착시키고 미끄러운 개펄의 배처럼 기어갔다. 어느 정도 적의 식별이 가능해지자 대대적인 반격을 시작했다. 총알이 소나기처럼 쏟아져 청군은 진지 밖으로 얼굴조차 내밀 수 없게 되었다. 적의 기습을 예상하고 단단하게 대비했지만 이렇게까지 강렬할 줄은 몰랐다.

일본 원정군은 단지 재물을 노리는 화적패가 아

니었다. 죽음이 두려워 후퇴하는 시위군중이 아니었다. 부강한 나라를 그리며 어둠을 뚫는 전사였다. 조국과 자신의 명예를 위해 기꺼이 할복할 수 있는 자랑스러운 사무라이였다.

만조에 처한 시간, 하천이 범람하여 도로가 논인지 구별할 수가 없어 행군이 극히 곤란했다. 마쯔자키의 첨병 12중대 2소대가 겨우 안궁리 부근에 도착했을 때 가옥과 가옥 사이에서 청군이 일제히 사격을 가했다. 이에 첨병은 즉시 밭에 엎드려 응전했다. 교전 10분 후 첨병장 야마다 소위가 총상을 입었고, 행군로를 확인하기 위해 첨병의 선두에서 지휘하던 중대장 마쯔자키 대위가 청군의 총탄을 맞고 쓰러졌다. 이어서 이등병 키구치 나팔수도 총상을 입고 쓰러졌다.

왜 우리가 남의 나라에 와서 싸워야 하는가. 왜 우리가 조선 땅에 와서 죽어야 하는가. 자유와 평화와 아무 상관없다 해도 위대한 나라 일본이 보냈기 때문에 조선에 와서 싸우다 죽는 것이라고 병사들은 믿었다.

4. 청일전쟁 성환전투

늑대는 제일 약한 상대가 아닌 제일 강한 상대를 선택해 사냥한다. 청일전쟁에서 첫 번째 전사자는 성환 안궁리전투에서 총 맞은 육군 대위 마쯔자키 나오오미였고, 두 번째 전사자가 나팔수 이등병 키구치였다. 구름이 잔뜩 낀 여름밤, 별 하나 보이지 않는 암흑 세상, 처음 와본 이국땅에서 숭고한 젊음이 고꾸라진 것이다. 질서 있는 생의 행군에서 제일 먼저 생의 이탈자가 된 것이다.

교토에는 오하라의 여자라는 뜻을 가진 '오하라메' 콩떡이 있다. 찹쌀에 검은콩을 꾹꾹 눌러 박은 볼품없는 떡이다. 값도 아주 싼 싸구려 떡이다. 교토 인근에는 '오하라'라는 작은 마을이 있는데, 논과 밭이 거의 없어 도무지 살길이 없는 곳이다. '오하라' 여자들은 생계를 위해 산에 가서 한 둥치씩 나무를 해 등에 지고, 서너 시간을 걸어서 교토로 간다. 아침에 죽 한 그릇 떠먹고, 오전 내내 걸어 교토의 니시키 시장에서 판다. 나무를 판 돈으로 보리 두 되를 사서, 다시 오후 내내 걸어야 집에 도착할 수 있다. 그러나 보리죽 한 그릇 먹고 점심을 건너뛴 그녀들의 발걸음은 천근만근이다. 교토의 데마치 야나기 거리에 다와가야요시토미 떡집이 있다. 오하라 여인은 낱개로 팔지 않는다는 것을 알면서도 하나만 팔 수 없느냐고 묻는다. 얼마나 힘들게 번 동전 한 닢인가. 떡 장수는 그녀들이 오하라 마을의 나뭇단 장수인 것을 안다. 그다음 날부터 오하라 여인들이 사 먹을 콩떡은 더 크고 실하게 만들었다.

'어머니, 우리 어머니' 자식들을 굶기지 않기 위해서, 공부를 가르치기 위해서, 그렇게 고생한 오하라 어머니를 두고 전사한 병사도 있었다.

전방에서 또 다른 총소리가 요란해지자 우익대 사령관 타케다 중좌는 바로 전황을 파악하고, 영통리에 있는 병사들에게 계속 응전케 하고는 자신은 나머지 부대를 우측으로 우회시켜 안궁리 청군의 기지 옆구리를 공격했다. 이사이 12중대 1, 3소대가 함성을 지르며 북쪽에서 사격을 개시했다. 또 제7중대와 제10중대가 병렬하여 우방으로 전진하며 서둘러 사격하였다.

견딜수록 밀려오는 몰살의 두려움, 죽음이란 무엇인가. 깊은 물에 가라앉은 영혼처럼 아예 움직임을 잃어버리면 죽음인가. 청군의 병사들은 죽음으로 국가에 충성하기에는 너무 파란 청춘이어서, 문득 스치는 호기심 전쟁으로 참호에 틀어박혀 죽은 척할 수 없었다. 오래 생각하지 않아도 충돌하는 현실이 이성을 진화시켰다. 충성과 죽음을 논리적 우선순위로 따져 청군은 이내 월봉산으로 후퇴하였다.

제12중대는 청군의 뒤를 추격했고, 타테다 중좌는 공병중대를 초지하여 아직도 청병이 남았는지 안궁리를 수색하게 했다. 나머지는 제7중대 중대장 타나베 미츠마사 대위에게 전위를 맡기고 당초의 목적지였던 은행정고지로 향했다.

우신리 청의 진지를 기습하는 보병 중위 토키야마 쿄오조오가 속한 우익대도 고난은 마찬가지였다. 마침, 만조 때라 흐르던 물이 역류해 건너야 할 어룡리 앞 하천은 더욱 깊어졌다. 전진을 위해 중위가 먼저 하천으로 들어갔고 이내 병사들도 뒤따라 뛰어들었다. 호수로 변한 하천 중간쯤 건넜을 때, 물은 깊고 두 발이 개흙 속에 빠져 도저히 움직일 수가 없었다. 새벽 3시 30분 장교 1명과 병사 22명이 한꺼번에 익사하고 말았다. 여단장의 우려처럼 지극히 사소한 일이 커다란 사단을 불러왔다. 그러자 우익대는 많은 병력 손실로 우신리 기습작전을 바꿔 본진과 발을 맞춰 본진의 우측을 보호하며 전진하기 시작했다.

안성천은 경기도 용인 시궁산에서 발원하여 안성과 평택을 지나 아산만으로 흘러든다. 오산천, 진위천, 통복천, 청룡천, 입장천, 성환천, 둔포천 등이 지류인데, 성환의 최북단 어룡리 앞 하천은 안성천을 지척에 두고 있어 밀물과 썰물에 의해 생기는 조수간만 차이의 영향을 직접 받았다.

그대들의 죽음을 밟고 전진하는
나를 잔인하다고 원망하지 말게나
그대들이 곁을 떠난 이 순간
나는 이미 팔다리를 잃은 병신이라네

하지만 오늘이 승리의 날이라 믿고
피눈물을 숨기고 진격한다네
이 밤이 가고 또 다른 내일이 와도
존경하는 그대들을 잊을 수 없다네

"강물이 맑으면 달이 내려와 몸을 적시고, 나무가 푸르면 새가 날아와 둥지를 튼다. 인생은 짧아도 세월은 쉬지 않고 흐른다. 모든 일의 시작은 누구에게나 똑같다. 하지만 시작을 부지런히 하고 끝을 태만하게 하는 것이 인간의 본성이다. 전쟁의 승패 차이는 시작에 있는 게 아니고 끝에 있다. 어렵고 힘들지만 시작과 똑같이 끝을 마무리해야 한다."

슬픔이 생생해도 피하면 더 악화한다. 슬픔이 완전히 해소될 때까지 기다리자. 그리고 슬픔의 자리를 기쁨의 자리로 바꾸자. 이 밤의 슬픔을 의연하게 맞서 지혜롭게 떨쳐내자. 23명의 병사를 한꺼번에 잃은 슬픔이 숨 쉴 수 없도록 목 안까지 차올랐지만 여단장은 어금니가 아프도록 씹어 삼켰다.

동틀 무렵, 진격하는 일본군 앞에 월봉산이 아주 엷은 먹색으로 표현한 담묵화로 그려져 있었다. 붓을 물에 씻은 후 농물을 붓끝에 조금 묻히고 접시에 고른 다음 칠한 한 폭의 담묵화가 허공에서 어른거렸다. 저 담묵화가 중묵을 지나 농묵화가 되는 순간 얼마나 많은 병사가 죽음의 나락으로 떨어질까.

이때 진군하는 여단장 오오시마 등에 잠자리 한 마리가 앉았다. 수채라 부르는 유충으로 물에서 살다가 물 밖으로 나와 성충의 생을 이어가는 잠자리, 혼돈을 겨우 빠져나온 이 시간에 무엇을 상징하는 걸까. 전군의 사기가 떨어지고 분위기가 침전한 상태에서 잠자리는 진정 길조인가.

"여단장 각하, 오늘 전쟁은 이겼습니다. 잠자리는 승리를 상징하는 곤충인데, 각하의 등 가문이 있던 자리에 앉았습니다."

뒤따라오던 부장 나가오카가 소리쳤다.
어떤 시대 건 영웅은 어려움 속에서 생겨난다. 민

초의 시름을 잠시라도 잊게 해주면 그 사람은 이미 영웅이다. 전쟁에서는 오직 승리만이 영웅의 이름을 만고에 새긴다. 그리고 영웅은 한순간에 전설이 되어 바람처럼 세상을 떠돈다.

논어에 나오는 말, 과이불개 시위과의(過而不改 是謂過矣)는 잘못을 하고도 고치지 않는 것이 잘못이라고 했다. 잘못이 무언지를 알면서도 그 잘못을 이유로 드는 것은 옳지 않다. 밀물 때의 하천 깊이를 미리 예견하지 못해 애석하게 젊은 병사 23명을 잃은 슬픔이 가슴에서 물결칠 때 잠자리 한 마리가 등에 앉은 것이다.

오오시마는 이날 이후부터 잠자리를 자신의 가문으로 사용했다. 집기마다 잠자리 문양을 넣어 만들었고, 잠자리 문양을 넣은 술잔을 만들어 뭇사람에게 선물했고, 잠자리 문양을 지나가는 사람들이 볼 수 있도록 대문에 새기는 등 잠자리 문양이 가문으로 자손 대대 이어가길 진심으로 바랐다.

이길 수 없는 전쟁은 애초에 시작하지 말아야 한

다. 겨울을 이겨야 봄을 맞이할 수 있다. 지나간 어둠이 겨울의 시련이고 지금이 화사한 봄이다. 전쟁에서 승리해도 얻은 것이 적으면 승리의 가치도 적다. 이제부터 승리가 꽃으로 피는 봄날을 마음껏 즐기자. 두려움에 묶이지 말고 자유로운 새처럼 세상을 훨훨 날아보자. 잠시라도 승리를 의심하지 말자.

좌측과 우측이 안전해지자 여단장 소장 오오시마 요시마사는 모든 병사에게 진격 명령을 내렸다. 등에 앉은 잠자리가 승리의 곤충이라는 부장의 말에 한껏 고무되어 핏발 선 목소리로 명령했다. 단순히 군대를 이끄는 장군이 아니라 국가를 대신하는 충정으로 명령했다.

"황병들은 두려워 말고 진격하라! 용감한 병사는 한 번 죽지만 겁쟁이는 여러 번 죽는다!"

"대일본제국 만세! 천황폐하 만세!"

일본 군대는 혼성여단장 명령으로 드디어 일제히

진격을 개시했다. 요란한 진격 나팔 소리가 울리고 웃옷은 검은색, 바지는 하얀색인 제복을 갖춰 입은 병사들은 하나의 흐트러짐 없이 앞으로 진격했다. 세상이 열리는 여명을 가슴에 안고 진격하는 장엄한 행진에 어떠한 제약도 없었다. 이 시간 이후 죽음의 원죄는 오직 적의 목숨을 탈취하는 진격에 있다.

일본군이 일렬횡대로 너른 무논을 가를 때, 논 가운데서 한 무리 흰빛 해오라기가 날아올랐다. 새벽을 깨트린 진격 소리에 놀란 듯 해오라기는 한쪽으로 기울어져 비스듬히 원을 그리며 날았다.

쉼 없는 전진으로 일본군은 파란 벼가 물씬 자란 논길과 옥수수 대가 쭉 늘어서 있는 밭둑과 빈 원두막이 초라한 참외밭을 건너 이미 전투 가시거리에 닿았다. 맞서 싸우다 내가 먼저 죽을지 적이 먼저 죽을지 모를 미래의 일이, 진격의 길에 장승처럼 서서 눈알을 부라렸다.

대홍리 대홍사 터를 지나면 대정리가 나오는데, 대정리 입구에는 마을 사람들이 길어다 먹는 커다란 우물 두 개가 형제처럼 붙어있었다. 그 우물곁에는 수백 년 묵은 아름드리 소나무 몇 그루가 용트림하고 있었고, 나뭇가지마다 솔잎이 구름처럼 어우러져 운치를 길게 드리웠다.

이 우물은 대정리 전체의 사람이 사용하는 공동 우물이었다. 헐벗은 조선에서 집 안에 있는 우물은 대가집 아니면 좀처럼 찾아볼 수가 없었다. 마을 사람들은 한쪽은 먹는 샘, 또 한쪽은 빨래 샘으로 나누어 사용하였는데, 여인들이 모여 수다 떠는 곳은 주로 빨래 샘이었다. 이 두 우물은 깊지가 않아 줄이 짧은 두레박으로 단번에 길어 올렸다. 진땀이 끈적거리는 한여름 밤이면 여인네들은 빨래 샘에 모여 목욕을 했고, 짓궂은 남정네들은 그 주변을 어슬렁거렸다.

이미 뼛속까지 썩어버린 조선, 더 이상 나라를 지탱할 수 없는 조선, 주인은 어디 가고 남의 나라 병사가 고향을 떠나 멀리 낯선 땅에 와서, 무엇 때문에 자기들끼리 처절하게 생사를 겨루고 있는가. 힘없이 쫓겨 다니고 끌려 다니는 조선 백성들은 어디에 숨어 이 기막힌 광경을 숨죽인 채 바라보고 있을까. 이렇게 피눈물 나는 사연을 역사는 어떻게 기억할까.

어차피 벌거숭이 쌍놈으로 살아가는데 누가 주인이면 어떤가. 조선이나 청나라나 일본이나 다 같이 도둑이고 강도인 것을, 내가 굶어 죽는데 내 나라가 무슨 소용인가. 백성이 갈 곳 없는데 나의 조선이 무슨 나라인가. 무치는 성환전투의 시작으로 조선이 망국으로 가고 있다는 것을 얼핏 짐작은 했지만, 백성들은 누구도 일본이 승리하리라고는 미처 생각하지 못했다.

무치는 예비대에 부속된 통역관 코미네를 따라서 대정리에 도착했다. 마을 사람들이 모두 피난 갔는지 쥐 죽은 듯이 고요했다. 어찌 되었건 죽음의 문 앞에서 회귀해야 살 수 있다. 처음 겪는 난리에 모든 사람이 미리 피신한 마을에서 무치는 혹시 남아있는 사람이 있는지 두리번거렸지만 아무도 보이지 않았다.

차별 없는 세상, 사람이 사람을 억누르지 않는 세상, 열심히 일할 수 있는 세상이 순박한 백성이 꿈꾸는 조선이 아닌가. 백성들은 나라가 무엇을 해 주기를 바라지 않았다. 식구들끼리, 이웃끼리 소박하게 사는 데 방해만 받지 않으면 더 이상 바랄 것이 없었다. 아래부터 순서대로 따져 올라가면 남의 나라 군대를 불러들인 조선왕이 결국 악의 우두머리였다.

새벽, 회색빛 풍경을 살필 새 없이 포병 대대장 나가타 카메는 먼저 적진을 정찰해서 월봉산 능선 아래에 청군이 많이 포진해 있는 것을 알았다. 개방리를 지나 청군 진지로부터 500m 앞에 이르렀을 때 포병 대대를 초지하고 새로운 명령을 내렸다.

"포병 앞으로!"

오전 6시 말이 끌고 온 대포 6문이 일렬횡대로 늘어섰다. 포병들은 일사불란하게 사수, 조수, 탄약병, 관측병이 저마다 한 조가 되어 방향 각도와 곡사 각도를 정한 다음 포탄을 장전했다.

"사격!"

명령이 끝나자마자 포탄은 굉음과 함께 월봉산 바로 앞에서 터졌다. 사정거리와 방향을 정확히 계산한 탓인지 청군 주력부대 부근에서 터졌다. 이에 크게 놀란 청국군은 중리에 설치한 대포 3문과 성환리에 설치한 대포 2문에서 포탄 몇 발을 응사했지만 방향은 비틀어졌고 사정거리도 미치지 못해 일본군 앞에서 폭발했다. 그것뿐만 아니라 불발탄도 많았다. 그러나 일본군이 쏘아대는 포탄은 월봉산에서 또는 그 근처에서 격렬하게 터졌다.

"모두 참호에 깊이 숨어라. 다음 명령이 있을 때까지 기다려라!"

청나라 사령관 섭사성이 당황해 명령했지만 일본군은 대포를 쉬지 않고 쏘아댔다. 새벽은 고요한데 오직 대포 소리만이 허공을 갈랐다. 발사하는 소리, 땅에 부딪혀 폭발하는 소리, 또 메아리까지 뒤섞여 세상은 온통 소리 지옥으로 변했다.
어느새 여름 훈기가 밴 땀이 줄줄 흘러내려 포병

의 군복에 눌어붙었다. 연신 적지에서 뻔쩍거리는 불꽃, 한동안 쏘아대던 포격이 멈추었을 때 이미 청군에는 많은 사상자가 발생했다. 하지만 일본군은 숨 돌림 틈 없이.

"돌격 앞으로."

명령이 떨어지자 전위대인 보병 제11연대 제2대대는 월봉산을 향해 진격했고, 니시지마 중좌는 좌익대를 학정리 방향으로 인솔하여 동쪽 봉우리(가칭, 케시보오즈야마)로 전진했다. 그리고 제8중대를 정계선으로 전개하여 일제히 진격하게 하였다.

이때 청나라 병사 200여 명이 갑자기 성산 당고개를 넘어왔다. 직산에 파견한 청군이 대포 소리를 듣고 달려온 것이다. 그러자 제2대대장 하시모토 소좌는 1개 중대를 급히 보내 이를 막게 하였다.

그사이 여단장은 예비대를 뒤에 남기고 본진을 중리와 안성환으로 급하게 출격시켰다. 목표는 월봉산 정상이었다. 또 한편 우익대 1개 중대는 우신리로 진격하였다.

 "딱콩 딱콩 …"

 갑자기 각 방향에서 소총 소리가 들리고 전투는 치열해졌다. 한 발씩 장전해 쏘는 소총이 발사될 때마다 딱콩 소리가 난다고 해서 딱콩총이라고 불리는 소총의 총소리였다. 새벽을 짊어지고 전진하는 병사들의 목에 갈증이 밀물졌다.
 마른 숨에 부딪혀 깨지는 갈증이 병사들의 숙명일까. 자갈 같은 갈증 덩어리 하나하나가 저마다 가슴에 박혀 상처로 아물면 그게 황군의 커다란 진주가 될까. 죽음이 두렵지 않다고 말하면 사람들은 진정한 사내라고 부를까.

 "돌격 앞으로! 돌격 앞으로!"

 일본 병사들은 '돌격 앞으로'를 복창하며 앞으로 앞으로만 전진했다. 성환천이 흐르는 송덕리 입구

하천부터 안성환과 중리의 동쪽 끄트머리까지 이어져, 마치 개미 떼처럼 새까맣게 월봉산을 에워싸며 몰려갔다.

한 발 쏘고 다시 한 발 장전하는 딱콩총이지만, 전투의 안마당에서는 더욱 심한 총격전이 벌어졌다. 훈련과 정신 무장이 절도 되어있는 일본군은 스스로 은폐와 엄폐를 하고 한 발 한 발 정확히 사격하며 진격했다. 이에 비해 청나라군은 긴급하게 출전한 탓인지 제대로 훈련이 되어있지 않았다. 사격술이 서툴렀고 군인정신마저도 해이한 상태였다.

하지만 일본군이 아무리 훈련이 잘되어있다고 해도 산 위에서 쏟아지는 총알을 모두 하나같이 피해갈 수는 없었다. 전투는 잔혹하게 치열해지고 일본군도 쓰러지기 시작했다. 땀과 흙이 뒤범벅된 몸의 총상에서 뜨거운 피가 울컥울컥 솟아났다.

그럴수록 전투의 시간은 혀가 뒤로 말리는 목마름을 불러왔다. 숨 막히는 땀의 단내가 코를 깊이 찔렀다. 기어가고 다시 기어가며 곁에 있는 삘기 풀을 뽑아 씹었다. 이내 선홍빛 비린내가 목 안으로 넘어갔다. 부는 바람이 여린 마음을 건드려 눈을 감으니 병사의 마음은 어느새 고향길에 서 있었다. 눈물이 흘러 멀쩡했던 가슴이 흠뻑 젖었다.

  남의 나라에 와서 하나뿐인 목숨을 던져야 할 슬픈 이유는 무엇인가. 전쟁을 놀이로 생각하는 지도자에게 분노해야 한다. 마음의 채찍을 휘두르며 한없이 분노해야 한다. 끈적끈적 붉은 피 흐르는 분노를 그들 앞에 토해내야 한다.

  사랑하는 조국이여 더 이상 나를 기다리지 마라. 나는 고향과 부모와 형제와 친구를 생각하며 죽었다. 슬픈 눈물을 닦지 않고 이국에서 그대로 죽었다. 외로운 생이 얼마나 남았는지 생각하지 않고 죽었다.

  새장 속의 새는
  언제 언제 나올까
  새벽의 밤에
  학과 거북이와 미끄러졌다
  뒤의 얼굴은 누구

일본 병사는 카고메 카고메를 부르며 죽어갔다. 어린 시절 친구들과 어울리기 시작하던 때, 술래를 가운데 앉히고 나머지 친구들이 원을 이루어 빙빙 돌아가며 부르던 노래, '뒤의 얼굴은 누구.' 노래가 끝나면 마지막 등 뒤에 있는 친구를 맞추는 놀이의 노래를 부르며 죽어갔다.

이제 월봉산은 아비규환의 지옥이었다. '내가 너를 죽이지 않으면 내가 죽는다. 내가 너를 죽여야 내가 산다.' 지금은 영광스러운 미래를 위해 전투의 악마로 변하여 진격할 뿐이었다.

"돌격하라!"
"후퇴하지 마라!"

앞장서서 전투를 독려하던 나팔수가 갑자기 쓰러졌다. 자신의 몸을 돌보지 않고 오직 진격 나팔을 불던 나팔수의 꼿꼿한 몸이 한순간에 꺾어졌다. 전장에서 숨이 멎을 때까지 쉬지 않고 나팔을 불었던 나팔수는 손에 나팔을 움켜쥐고 죽었다.

일본군은 밭둑과 밭이랑을 방패삼아 낮은 포복으로 기어갔다. 몸을 땅바닥에 최대한으로 붙여 소총 한 발 쏘고 다시 총알을 장전하고, 계속 반복하며 전진했다. 전우가 외마디소리를 지르며 죽어가도 살아있는 병사들은 죽음을 아랑곳하지 않고 앞으로 앞으로만 기어갔다.

죽음과 상관없다는 듯이 소총 소리는 끊이지 않았다. 땀과 흙에 뒤범벅된 얼굴은 거친 수풀에 따갑게 스치고, 무릎이 깨지고 팔꿈치가 벗겨져 핏물이 배어나도 아파할 여유가 없었다. 일진이 기어간 길을 또 다른 이진이 기어가고, 그 뒤를 이어서 삼진이 기어갔다.

"징그럽군."

이 광경을 월봉산 꼭대기 지휘소에서 선명하게 바라보던 사령관 섭사성은 너무 기가 막혀 피맺힌 신음을 짐승처럼 뱉어냈다. 비통함과 원통함을 구분할 필요 없는 죽음의 현장에서 생은 사치였다. 병사들의 생사는 지휘관 명령에 따라 갈라졌다.

"저 아래, 일진 탄약은 얼마나 남았는가?"

섭사성은 근심스럽게 물었고

"지금쯤 바닥을 보였을 겁니다."

부장은 낙담으로 대답했다.

"일진 탄약이 떨어지면 이진 뒤로 후퇴시키고 이진과 함께 총력전을 펼쳐라. 우신리에 배치된 특별부대를 최대한 활용하라. 병참 부대를 즉시 천안으로 옮겨라."

사령관 섭사성이 비장한 명령을 하달했지만 더 이상 견딜힘을 잃어버린 일진이 참호를 스스로 버리고 산기슭 중간에 구축해 놓은 삼진 참호로 후퇴하기 시작했다. 중상자는 그대로 참호에 놔두고 경상자만 부축해 도주했다.

"참호를 점령하라!"

이 틈을 놓치지 않고 일본군은 재빨리 청군이 있던 참호로 뛰어들었다. 아직 목숨이 붙어있는 적의 중상자 뛰는 심장을 총검으로 무자비하게 찌르고 시체를 참호 밖으로 집어 던졌다. 참호 안에 있는 시체도 내던지고 적의 참호를 공격 진로로 삼았다.

그사이 의무병들은 부상당한 아군을 현장에서 치료하기 시작했다. 몸에 박힌 총알은 생살을 찢어 뽑아낸 다음 바느질하듯 꿰맸고, 이어 하얀 붕대로 피의 상처를 칭칭 동여맸다. 하지만 마취 없는 아픔은 제거하지 못했다.

총알 박힌 가슴이 상처의 꽃이었다.
뜨거운 핏물이 거리낌 없이 흘렀다.

피의 향기가 푸른 들판에 흩어졌다.

성환 들녘에서 전투를 지휘하는 여단장 오오시마 요시마사는 초초한 심정을 드러냈다. 새로운 청군, 섭지초가 병사 1,000명을 이끌고 금강을 떠나 천안으로 오고 있다는 첩보와, 현재 평양에는 8,000명의 청나라 군사가 집결했고 계속 증원 중인데, 곧 경성으로 몰려올 것이라는 보고를 받았기 때문이었다.

여단장은 사람이 백 년을 살지도 못하면서 천 년을 걱정한다는 말 인생불만백 상회천세우(人生不滿百 常懷千歲憂)를 떠올렸다. 기습, 신속으로 전투를 치르는데 훗날을 걱정한다는 것은 어리석은 일이다. 당장 눈앞에 닥친 일부터 슬기롭게 처리하자. 오늘은 오늘의 일만 걱정하자.

"무슨 일이 있어도 아침 중으로 전투를 끝내라!"

전투에서 맨 앞줄이 무너지면 진격은 매우 더디어질 수밖에 없었다. 탄약을 보급받은 일본군은 다시 월봉산을 향해 기어갔다. 낮은 포복으로 기어갔다. 앞의 병사가 참호에 들어갔다가 나오면 뒤따르던 병사가 다시 들어가기를 몇 번이나 했던가.

목숨 바쳐 기어오르는 일본 병사는 전쟁의 귀신이었다. 영원히 죽지 않는 악마의 무리처럼 기어서 전진했다. 한 발 쏘고 다시 납작 엎드려 총알을 장전하고. 때로는 적의 시체를 방패 삼아 전투를 이어갔다.

"너무 잔인하군."

섭사성은 자신의 눈앞에서 무수히 죽어가는 아군을 보면서 탄식했지만 일본 병사들은 하나같이 전쟁을 즐기는 악마였다. 지옥이 뿜어내는 유황불처럼 시들지 않는 인간병기였다. 두려움을 잃어버린 승리의 집념이 보이지 않는 열기를 불러왔다.

전쟁의 슬픔에도 질서가 있는 걸까. 어느덧 태양이 솟아오르기 시작했다. 오늘따라 아침노을은 더욱 붉어 건드리면 핏물이 빗방울처럼 떨어질 것만 같았다. 전장에서 죽음 말고는 또 무엇이 있을까. 영혼까지 끌어모아 싸우는 것이 전쟁인데.

섭사성은 산꼭대기 지휘소에서 완벽하게 훈련된 일본군의 전투와 어설프게 대항하는 아군을 보았다. 그리고 숙달되지 않은 사격술에 아군이 쏜 소총 유탄에 아군이 다치는 장면도 보았다.

죽음이 도사린 전쟁의 사상은 승리다. 후퇴하는 용기는 용기가 아니다. 이 세상에서 등에 짊어진 죽음을 벗어놓고 싸우는 전쟁은 어디에도 없다. 이번 전투에서 패한다는 건 죽어서도 수치다. 사령관 섭사성은 괴로웠다.

"모든 병사들은 결사 항전해라!"

섭사성의 명령에 따라 이진이고 삼진이고 예비부대 할 것 없이 어우러져 무조건 적을 향해 소총을 쏘아댔다. 하지만 찰거머리처럼 대드는 일본군과 결사 방어하는 청국군의 거리는 점점 좁혀지고 있었다.

6시 10분, 동쪽으로 전진한 일본군 좌익대 포병중대는 청군으로부터 400m 거리 앞에 대포 2문을 설치했다. 포탄을 장전한 대포는 청군 지휘소가 있는 월봉산 정상으로 치열하게 사격을 가했다. 청군의 목덜미에 마지막 쐐기를 박는 포격이었다. 또다시 세상은 대포 소리로 몸살을 앓았다. 한동안 치열했던 포사격이 멈추자 여단장 오오시마는 뒤에 있던 예비대를 본진 부대에 가세해 월봉산으로 일제히 진격하도록 명령했다.

'명령으로 움직이는 목숨은 한갓 꿈 이려오. 변함없는 충정을 일부러 알리려 하지 마오. 검게 타버린 가슴에 울음을 채우려 하지 마오.'

힘없는 젊음이 끌려와 군인이 되어 타국에서 누구도 알 수 없는 죽음을 안고, 불타는 사랑이라는 이름을 가진 패랭이꽃 곁에서 죽었다. 독 나비가 피의 향기를 좇아 너울거릴 때, 병사들은 머나먼 고국을 그리는 그리움 대신 낯선 땅에서 수풀을 움켜쥐고 죽었다.

병사들이 하염없이 죽어 나가는 전쟁의 아침은 너

무 길었다. 너무 지겨웠다. 총알을 제대로 맞으면 죽고 설맞으면 부상자가 되었다. 쓰러진 부상자는 신음과 함께 죽음의 시간을 보내야 하는, 만사가 뜬구름이었다.

6시 30분 일본군 제11연대 6중대와 8중대가 월봉산 동쪽 정상 300m 앞까지 전진했다. 연이어 용인으로 파견되었던 동로군이 안성에 대기하고 있다가 때를 맞춰 전투에 합세하였다. 일본 혼성여단 전체가 하나가 되어 한 사람의 지휘 아래 일제히 월봉산을 에워싸고 진격하였다.

월봉산 북쪽 기슭 중턱 산봉우리 바로 아래편에는 돌 틈에서 물이 솟아나는 옹달샘이 있었다. 여물 끓이는 가마솥만 한 옹달샘은 큼직한 돌덩이로 주변을 울타리처럼 둘러쳤다. 불타는 목마름, 일본 병사들은 다투어 옹달샘 물웅덩이에 얼굴을 박고 물을 들이켰다. 조금 전까지 적군이 마시던 물이 가슴을 시원하게 적셔주었다.

나 없는 세상이 무슨 소용인가.

전쟁에서 진실을 겁낼 것 없다.
증오에 더 이상 얽매이지 말자.

사람들은 어떤 일이 닥치면 수많은 잡생각을 한다. 그 순간을 오만 가지 생각이 난다고 하는데, 그러나 오만가지 생각 중 사만구천구백 가지는 부정적인 생각을 한다고 한다.

'내가 이 위험한 현실을 무시하고 쓸데없이 고집을 보이고 있는 건 아닐까?'

섭사성은 빠른 후퇴가 가장 좋은 병법이라고 결론지었다.

"후퇴하라!"

이미 기울어진 대세를 어찌하랴. 적이 빤히 쳐다보는 앞에서 후퇴하는 것은 죽음 같은 비굴이지만 다음날을 기약할 수밖에 없었다.

"복수도 살아있어야 하는 거다. 꼭 살아남아서 적을 전멸시키는 승리로 오늘의 치욕을 되갚자."

오전 6시 40분, 더 이상 버틸 힘을 잃은 섭사성은 결국 후퇴를 감행했다. 섭사성의 병졸은 송곡으로 물러나 매주리 근처 성산 자락에서 잠시 대치하다가 곧바로 직산으로 갔다. 후퇴하는 본진이 천안 방향으로 길을 잡았어도 일부 병력은 남산리와 신선리에서 저항하다가 곧바로 본진 뒤를 따라갔다.

오전 7시 제11연대 8중대가 월봉산 정상을 탈환했다. 뒤이어 6중대와 동로부대가 정상으로 올라왔다. 하시모토 소좌는 6중대와 동로부대를 정상에 남기고 8중대를 이끌고 청군을 추격했다.

월봉산의 아침은 눈이 부셨다. 바람의 지느러미가 귓불을 스치고 갔다. 발에 밟힌 산꽃늘은 아픔을 말하지 않았다. 흰 구름이 한가하게 떠가도 병사들은 진격을 멈출 수가 없었다.

그러나 하시모토소좌는 월봉산을 급히 내려오다

왼쪽 다리에 부상을 입었다.

 '일은 찾아서 하는 것이고, 자신이 만들어내는 것이다. 주어진 일만 하는 것은 잡병이다.'

 소좌는 평소 흠모해오던 일본 중세 시대 영웅 오다 노부나가의 말을 되뇌며 후퇴하는 청군의 뒤를 쫓았다.

 "울지 않는 두견이는 베어버린다."

 여세를 몰아 청군을 초토화하겠다는 전쟁의 욕심이 발을 헛딛게 했다. 그리고 발목을 크게 접질린 것이다. 소좌는 더 이상 움직일 수 없게 되자 타가미 대위에게 대대를 지휘토록 했다.
 우신리에 머무르는 청의 강자강 특별부대의 저항은 강력했다. 일본 제21연대 모리 대대장 휘하에 있는 1중대와 맞붙어 죽기 살기로 사력을 다해 싸웠다. 넉넉하게 비축된 탄알을 아낌없이 사용하였다. 엎드려 사격하는 병사들의 코끝으로 풀 냄새와 화약 냄새가 번갈아 스며들었다. 하지만 일본군의 새로운 병력 9중대, 10중대, 기병대가 몰려오자 지체 없이 후퇴하였다. 아산으로 가는 길목의 율금리에서 추격하는 일본군과 산발적인 전투를 벌이다 천안으로 후퇴하는 본진 뒤를 신속하게 따라붙었다.

혼비백산. 얼마나 놀랐으면 혼이 달아났을까. 청군은 대포 5문을 그대로 두고 각자 개인화기만 챙겨 도주했다. 전투를 독려하던 징도 꽹과리도 내팽개치고 도주했다. 일본군은 한 묶음의 서류와 원안경과 궐련을 가득 채운 고리짝 몇 개를 전리품으로 얻었는데, 담배를 모두 소비한 상태에서 담배 한 개비는 매우 소중했다.

오전 8시 30분, 여단장 오오시마 요시마사가 성환 일대를 장악했을 때, 피비린내 진동하는 대지에 햇살이 눈부시게 쏟아졌다. 거세게 항전하던 청군이 물러가자 일본군은 비로소 전열을 추슬렀다. 먼저 부상병들을 보급부대가 있는 대정리로 옮겼다. 이 상태로는 더 이상 청군을 추격할 수가 없었다. 우선

허기진 속을 달래야만 했다.

오전 10시 전투에 지친 병사들에게 아침 식사를 제공했다. 대부분의 병사는 중리와 안성환 사이의 들녘에서 월봉산을 바라보며 밥을 먹었고, 또 일부 병사는 우신리 목장 땅 황토가 드문드문 보이는 풀밭에서 식사를 하였는데, 밥이 설익었는지 푸슬푸슬했고 반찬은 붉은빛이 감도는 우메보시(매실장아찌)가 전부였다.

이 고을에서 가장 큰 마을은 중리였다. 마을 한가운데 길이 나 있었는데, 길을 두고 한쪽에는 김가 댁이, 길 반대편 쪽에는 이가 댁이 자리 잡고 있었다. 이 두 집은 부를 대대로 이어온 아흔아홉 칸의 고래등 같은 기와집이었다.

여단장의 아침 식사가 이가 댁에 차려졌다. 여단장과 참모들이 집안에 들어서자 이제 막 말을 배우는 그 집의 어린 애가 오오시마를 보자 대뜸 각하라고 불렀다. 수많은 군인 중에 여단장이 제일 높다는 것을 눈치 챈 것 같았다. 그러자 여단장이 덕담을 한 마디 건넸다.

"그 녀석 제법 똘똘하네."

이 아이가 1919년 4월 1일 성환 만세운동을 주도하려다 실패한, 그리고 훗날 대한민국 제1공화국 성환 초대면장을 역임한 이영주였다.

아침 식사를 마친 사령관 오오시마 일행은 대정리로 가는 길목에 있는 성환 역참을 들렀다. 역참 뒤편에는 수백 년 묵은 장엄한 느티나무 세 그루가 있었다. 마을 수호신 역할을 하는 둥구나무 가지마다 나뭇잎이 우거져 넓은 그늘을 드리웠다. 보면 볼수록 신비한 나무를 여단장이 물끄러미 바라보았다.

"이 나무가 이곳 최고의 명품이다."

해마다 딱따구리가 떼로 몰려와 둥구나무 고목 구멍마다 둥지를 틀고 살았다. 지역 사람들이 당연히 신성시하는 세 그루의 거목 둥구나무(한 그루는 한국전쟁 때 포탄 맞아 쓰러지고, 남은 두 그루는 근래에 베어졌다.) 전설은, 잎이 나무 위에서부터 돋아나면 풍년들고, 잎이 나무 아래부터 돋아 올라가면 흉년든다는 거였다. 여단장 일행이 둥구나무 아래로 다가오자 놀란 딱따구리 떼가 숨차게 울었다.

"그 새들도 명품이군."

여단장이 미소로 말했다.
무치가 있는 대정리로 수많은 부상자가 몰려들었다. 절뚝거리며 걸어온 병사, 전우 등에 업혀 온 병사, 들것에 실려 온 병사 등이 나무 그늘을 차지하고 누워 저마다 전상의 아픔을 끙끙 앓았다. 자신과 같은 처지인 적의 병사를 악착같이 좇아가 사살하고, 정작 부상당한 본인은 꺼져가는 목숨을 연장하려고 발버둥 쳤다. 삶이 무엇인가 물을 것도 없다. 중상자들은 하루라도 더 살고 싶어 부상의 고통을 슬픈 신음으로 호소했다. 위생병들이 삶과 죽음 사이를 분주하게 오가며 치료하는 모습은 마치 중고품이나 고물을 잔뜩 싸놓고 파는 도떼기시장 같았다.

'죽은 자는 말이 없다.' 우물에서 그리 멀지 않은 넓은 숲에는 전사자들이 저마다 일장기를 덮고 줄지어 누웠다. 아까까지 살아서 치열하게 전투를 벌였던 용감한 병사였는데, 지금은 산자의 경계선 밖에서 죽은 자의 공간을 새롭게 만들어놓고 드러누웠다. 죽은 자가 머무는 세상에 한낮의 고요가 차가운 두려움으로 다가왔다. 움직임을 잃어버린 시체는 아군이라 할지라도 보이지 않는 두려움을 안겨주었다. 숨이 끊어진 시체가 숨 쉬는 사람을 제압하고 있었다.

무치는 병사들과 함께 식사를 할 수 없어 주먹밥을 들고 어느 외딴집을 향해 걸었다. 무너진 흙담장에 호박넝쿨이 무성했다. 별빛도 아니고 달빛도 아닌 호박꽃은 이미 시들어 고개 숙였다. 생의 줄기를 붙잡고 매달린 몇 개의 애호박, 어느 아낙이 따서 식솔들을 위한 새우젓찌개를 끓일까.

빈집인 줄 알았는데 겨울나무처럼 뼈만 앙상한 노인이 대문에 기대고 앉아 있었다. 무치가 다가가자 노인은 움푹 파인 눈으로 물끄러미 바라볼 뿐, 낯선 사람이 일본 군인인지 청나라 군인인지 아무 관심이 없었다. 기력이 다된 노인, 피난을 가다가 죽고 말 노인, 이미 저승에다 한 발을 들여놓은 노인, 집에서 죽으나 길에서 죽으나 죽는 것은 매한가지라고 노인을 혼자 두고 모두가 피난을 갔다.

"노인을 지게에 지고 먼 산에 버리고 오는 것이 고려장인 줄 알았는데, 노인을 집에 혼자 두고 모두 떠나는 것도 고려장이구나. 집안에 노인이 없으면 노인을 빌려오라는 말이 너무 무색하군."

무치는 노인의 집 대문을 열고 들어갔다. 살림살이는 아무것도 보이지 않았지만 흙벽에 낡은 바가지 몇 개가 걸려있었다. 무치는 바가지 두 개를 가지고 나와 작은 바가지에다 자신이 먹으려 했던 주먹밥을 담아 노인에게 주고 남은 바가지를 들고 돌아가 다시 주먹밥을 배식받았다. 그리고 대정리 쌍둥이 우물에 들러 물을 바가지가 넘치도록 퍼서 노인에게로 갔다. 곁에 앉은 무치가 주먹밥을 먹자 노인도 따라서 주먹밥을 조금 떼어 입에 넣고 우물거렸다. 무치가 물바가지를 입에 대주자 노인은 천천히 물 한 모금을 받아마셨다.

이가 없는 노인, 전에는 누구의 자식이었고 지금은 누구의 아비인가. 만약에 아내가 살아있다면, 한 평생 살을 섞고 살았던 남편을 홀로 두고 쉽게 피난 갈 수가 있었을까. 아비를 그냥 내버려두고 피난 가는 자식들은 진정 슬프지 않았을까. 현실에 따라 달라지는 고난의 꿈은 허망했다. 세월이 몸을 늙게 해도 포기되지 않는 생, 노인은 태어나서 지금까지 살아 오면서 얼마나 웃었을까.

어머니 젖을 빨며 웃었을까, 아버지 목마를 타며 웃었을까, 햅쌀로 지은 밥을 먹으며 웃었을까, 어여쁜 색시와 꽃잠에 들며 웃었을까, 핏줄을 이어받은 아이가 색동옷 입고 세배할 때 웃었을까. 지금은 숨 쉬기조차 힘겨운 환갑노인일 뿐 웃음과는 거리가 아주 멀었다. '인간은 태어나면서 죽음의 길을 걷는다.' 노인 곁에 물바가지를 두고 그대로 떠날 때까지 무치는 아무 말도 하지 않았다.

고려장이 있던 고구려 때 박정승은 노모를 지게에 지고 산으로 올라가 눈물로 절을 올리자 노모가 말했다.

"네가 길을 잃을까 봐 나뭇가지를 꺾어 표시를 해 두었다."

  이 말에 박정승은 노모를 차마 버릴 수 없어 몰래 국법을 어기고 노모를 모셔와 봉양하였다.
  그 무렵 중국 수나라 사신이 똑같이 생긴 말 두 마리를 끌고 와 어느 쪽이 어미이고 어느 쪽이 새끼인지 알아내라는 문제를 내었다. 못 맞추면 조공을 받겠다는 것이었다. 이 문제로 고민하는 박정승에게 노모가 해결책을 제시해 주었다.

"말을 굶긴 다음 여물을 주면 먼저 먹는 말이 새끼다."

문제를 풀자 사신은 또다시 두 번째 문제, 네모 난 나무토막 위아래를 가려내려는 것이었다. 그러자 이번에도 노모가 답을 알려주었다.

"나무는 물을 밑에서부터 빨아올린다. 그러므로 물에 뜨는 쪽이 위쪽이다."

약이 오른 수나라는 재로 새끼를 꼬아 바치라고 하였다. 박정승이 고민에 빠져있을 때 노모가 또 답을 알려주었다.

"새끼 한 다발을 꼬아 불에 태우면 그게 재로 꼬아 만든 새끼가 아니냐."

당장 편한 것을 택하는 임시방편을 에둘러 나무랄 때 사용하는 고사성어를 고식지계(姑息之計)라고 한다. 효가 종교인 나라 조선에서 늙은 아버지를 두고 간 자손들을 누가 야단칠 것인가. '이대로 가면 조선을 가까운 시일에 망하고 말 것이다.' 청나라와 일본을 불러들여 전쟁터를 만들어준 조선이 성하다면 그것 또한 이상한 일 아닌가. 전쟁의 현실에서 잔혹하게 핍박당하는 것은 오직 힘없는 백성뿐이라는 것을 느낀 무치는 슬픔을 헛구역질했다.

"부역에 땀 흘리면 3대가 빌어먹는다는 말이 있지만, 끊임없는 노력으로 시대를 앞서가는 일본을 배우자."

유리한 위치에서 싸우다 패전한 청나라 사령관 섭사성은 걱정이 태산이었다.

'귀국하면 무슨 면목으로 황제를 알현할 것인가. 조국을 위해 바치는 이 한목숨은 아깝지 않으나 전사한 수많은 병사는 어떡할 것인가.'

섭사성은 천안에서 섭지초를 만나 차령 고개를 넘어가면서, 북받쳐 오르는 슬픔을 못 이겨 굵은 눈물을 뚝뚝 떨어트렸다.

　거국삼파원(去國三巴遠)
　등루만리춘(登樓萬里春)
　상심강상객(傷心江上客)
　불시고향인(不是故鄕人)

　장안을 떠나 삼파는 멀고
　누각에 오르니 온천지가 봄이로구나
　마음 아파라, 강가의 나그네는
　이 고향 사람이 아니기에

　섭사성은 은빛이 눈부신 백마를 타고 비척비척 당나라 시인 노선의 시 남루망을 읊조리며 슬픔을 가슴에 한가득 담았다. 먼 옛날에 태어나 한 시대를 풍류 하다 사라진 옛 시인의 시를 사신의 저지에다 덧붙였다. 사시사철 그리운 고향집과 아내와 자식을 생각하며, 그리고 친구와 어울려 뛰놀던 시절을 그리며, 다시는 만날 수 없을 것 같은 상심을 가슴이

미어지도록 삼켰을 때, 갑자기 세상이 하얗게 변했다. 현기증이 일어났다.

차령 고개 넘어 정안을 지나니 눈앞에 커다란 강이 나타났다. 금강 변에 자리한 임시 주둔지는 커다란 슬픔 덩어리였다. 총상에서 새어 나온 아픔도 죽음에서 솟아나는 눈물도 한곳에 모여 금강으로 흘러들어갔다. 소리 없는 외로움, 일본군이 기습한다는 두려움에 경계를 내려놓지 못하고, 편안하게 휴식을 보낼 수도 없었다.

죽음의 굴레에서 벗어날 수 없는 전쟁, 스스로 자신의 마지막 영혼을 더듬어보는 시간, 인간이 동조하는 생의 진실은 무엇인가. 고귀한 목숨을 쓸모없는 잡풀처럼 그렇게 내던져도 되는 건가.

섭사성은 병사들의 시체를 묻지 못하고 월봉산 기슭에 버리고 온 안타까움에 연신 뜨거운 눈물을 훔쳤다.

'훈련이 부족한 병사들을 탓한들 무슨 소용이랴. 작전 실패를 되새김한들 무슨 소용이랴.'

자신의 한계를 통감했다.

일본군 추격대가 아산으로 갔고 더 이상 남진하지 않는다는 보고를 받은 섭사성은, 죽음에서 벗어난 병사들에게 잠시 휴식을 허용하고 때늦은 아침 식사를 제공했다. 허기진 속을 채우려 밥을 움켜쥔 병사들의 손은 닿는 대로 신경이 살아 움직이는 거머리 빨판 같았다. 밤새도록 그리고 아침까지 누구를 위해 목숨 바쳐 싸웠던가. 동학 비도들을 평정한다는 핑계로 조선에 진출하여 조선에 군대를 주둔시키려는 욕심이 일본과의 전쟁을 불러왔지만 결과는 참패였다.

강 공기는 한결 시원했다. 금강 물에 들어가 전투에 찌든 몸을 씻을 때 흰 구름이 하늘을 정처 없이 흘러갔다. '꽃이 피어있는 인생이 이렇게 짧은 것인가. 등불이 심지를 남김없이 태우면 아침인가. 나보다 잘난 사람을 미워하면 미래가 없는가.' 섭사성 자신이 자신을 애써 위로해도 창자가 몇 토막 끊어진 듯 전사한 병사들을 향한 애통함은 줄어들지 않았다.

   이제 고향에는 누가 있어
   씨를 뿌리고 김을 맬 것인가
   이제 고향에는 누가 있어
   추수하고 지붕을 이을 것인가
   더 이상 말할 수 없는 그리움
   여기서 마지막 노래 부르자

"이 모두가 내 잘못이다. 장졸들은 명령에 따라 죽음의 골짜기까지 끌려와 기꺼이 젊은 목숨을 던졌다. 누가 그들의 목숨을 마음대로 가져갔는가, 내가 무슨 염치로 고개 들고 다닐 수 있겠는가."

죽은 병사들을 생각하니 더욱 목이 메었다. 도대체 냉수를 마시는 건지 눈물을 마시는 건지 분간할 수가 없었다. 섭사성이 또 한사발의 슬픔을 비웠을 때 곁에서 시중들던 부관이 참다못해 한마디 위로의 말을 고했다.

"사령관 각하 고정하시옵소서. 오늘 전투에 모두가 최선을 다했습니다. 한 번 실수는 병가지상사라 했습니다. 삼국지를 보면 조조는 적벽대전에서 완패하고 도주 중에 관우에게 붙잡혀 죽은 목숨을 비굴하게 구걸해 다시 살아났습니다. 그리고 강동의 오나라와 서쪽의 촉나라를 물리치고 통합을 이룬 사람이 조조였습니다. 또 사자성어에 내자가추(來者可追)라는 말이 있는데, 이미 지나간 일은 어쩔 수 없으나 미래의 일은 조심하여 잘할 수 있다는 뜻입니다. 오늘 우리는 조금도 비굴하지 않았습니다. 우리가 후퇴는 했지만 비등하게 싸웠습니다. 조금 더 전력을 기르고 조금 더 전쟁 경험을 쌓는다면 다음 전투부터는 기필코 승리할 것입니다."

 부관의 위로에도 섭사성은 애통함을 씻이내지 못했다.

 "아니야. 그건 삼국지에 나오는 이야기일 뿐이야.

혼자 빈 배를 타고 가다 배가 살짝 부딪치면 아무리 성격이 나쁜 사람이라도 화낼 까닭이 없어. 그러나 곁에 만만한 사람이 있으면 화를 쏟아내는 게 본능이야. 내 대신 수많은 병사가 죽었어, 한번 죽은 병사들은 다시는 살아서 돌아올 수 없어, 인생은 지고도 이길 때가 있지만 전쟁은 한 번 지면 되돌릴 수가 없어, 내가 어떻게 그 많은 죄를 용서받을 수 있겠어, 전사한 병사들이 처음부터 젊은 죽음을 선택하고 태어난 것이 아니야."

여자는 사랑에는 약하지만 가슴에 좋은 열매를 맺을 수 있다. 섭사성이 금강 모래밭에 앉아 깜박 졸았는데, 고향집에 있는 아내가 몸에는 붉은 비단옷을 걸치고 손에는 꽃무늬가 화려한 부채를 들고 꿈속을 찾아와, 백거이의 장시 장한가(長恨歌) 끝부분을 애달게 들려주었다.

재천원작비익조(在天願作比翼鳥)
재지원위연리지(在地願爲連理枝)

천장지구유시진(天長地久有時盡)
차한면면무절기(此恨綿綿無絶期)

하늘에서는 우리 둘이 비익조가 되어 날고
땅에서는 우리 둘이 연리지가 되자고
천지가 영원하다 해도 언젠가 끝날 때가 오기 마련이지만
그러나 이 슬픔 사랑의 한스러움은 다할 날이 없으리.

황새는 예로부터 길조다. 황새는 한번 짝을 맺으면 평생 자신의 짝을 보살핀다. 황새는 짝이 죽으면 대부분 혼자 산다. 황새는 잡은 먹이를 뱃속에 담고 와 토해서 새끼에게 먹인다. 황새는 부모 황새가 쇠약해져 날지 못하면 배속의 먹이를 토해 보살펴 준다.

섭사성은 아내의 사랑, 부모의 효를 생각했다. 전쟁에서 슬픈 평화가 무슨 소용인가. 죽음에서 투명한 진실이 무슨 소용인가. 슬픔을 쉽사리 떨쳐내지 못하

는 지금이 현실인데, 평양전투에서 또 한 번의 죽을 고비를 사랑하는 아내가 찰나의 꿈으로 예고했건만, 섭사성은 빠른 휴식을 마치고 다시 지친 병사들을 이끌고 섭지초 부대와 함께 진천으로 들어갔다.

'내가 적을 악랄하게 죽여 천벌을 받는구나. 적의 퇴로를 열어주며 몰아붙여야 했는데.'

혼성여단장 오오시마 요시마사는 제갈공명이 죽으면서 했던 후회의 말을 되뇌며 은밀히 대대장 타케다 보병 중좌를 불렀다.

"전쟁은 끝날 때가 더 어려운 것이다. 사령관은 1개 대대를 이끌고 퇴각하는 청군 뒤를 쫓는 척하며 그 길로 아산으로 가라. 거기에 청군의 잔병이 있으면 당연히 소탕하겠지만 남아있을 리가 만무하다. 목적은 일본이 청나라와의 전쟁에서 승리했다는 것을 대내외에 알리는 것에 있다. 모든 종군기자를 대동하고 가서 일청전쟁 승리의 자축을 성대하게 거행하고, 우리가 청나라를 진압했다는 진청암 비를 세워라."

"청나라 패잔병을 추격한다!"

대대장 타케다는 여단장 명대로 청군 패잔병을 궤멸하기 위해 대대 병력을 이끌고 부리나케 청군의 뒤를 쫓았다. 그러다가 곧바로 아산으로 길을 틀었는데, 갑자기 한줄기 소나기가 쏟아졌다. 모두가 빗물에 흠뻑 젖었지만 승리에 취해 소나기는 차라리 몸으로 마시는 한잔의 축하주였다.

들뜬 마음으로 아산에 도착했다. 태양이 어느 때보다 짙은 빛을 쏟아내고 있었다. 소나기에 흠뻑 젖은 옷이 저절로 말랐다. 하지만 아산에는 청군이 한 명도 없었다. 이미 배편이 끊긴 곳, 죽음이 깃든 곳에서 더는 머무를 이유가 없었다. 아산에는 청군의 수뢰병 60명과 보병, 기병을 합쳐 150명 정도가 남아있었는데, 성환전투에서 아군이 패했다는 소식을 듣자마자 앞다투어 신창 방면으로 달아났고, 또다시 홍성을 향해 이동하였다. 그 뒤로는 그들의 종적을 아무도 알지 못했다.

아무리 큰 그물을 드리워도 바다의 고기를 다 잡을 순 없다. 일본군이 종군기자들을 대동하고 아산까지 달려가 여단장 뜻대로 일청전쟁의 승리를 대내외적으로 대서특필한 것은, 사사로운 감정은 털어내고 오직 일본의 힘과 일본의 정신을 보여주기 위한 기능이 작동한 것이다. 일본군은 오후 3시쯤 영인면 백석포리에 승전비로 청나라를 진압했다는 진청암(鎭淸岩) 목비를 세우고 일청전쟁 승리를 자축했다.

임의 시대는 천 년 만 년
작은 조약돌이 큰 바위가 되어서
이끼가 낄 때까지
오거라 오거라 자아, 오거라
모두 함께 황국을 지켜라
몰려오는 적의 수가 많을지라도
두려워하지 마라 두려워 마라
황국을 위해서이자 임을 위해

임의 대는 수많은 밑바닥

작은 조약돌과

물가에서 가마우지가 나타날 때까지.

"대일본제국 만세! 천황폐하 만세. 황군 만세!"

  기미가요 행진곡 합창이 끝나자 이번 전투에서 전사한 장병들에 대한 묵념을 했다. 이어서 만세삼창을 다시 크게 외치고는 부상병과 본진이 머무르는 성환으로 군가를 부르며 기세등등하게 돌아왔다.

  기미가요는 일본의 국가다. 이 노래는 1880년 일본 천황 생일에 발표하였는데, 하야시 히로모리가 작곡하고, 해군악단 지휘자이며 교사인 독일인 프란츠 폰 에케르트가 편곡한 것을 지금까지 쓰고 있다. 가사의 원형은 일본의 고서적 고금와카집 제7권 가노우타에 나타나 있다. 기미가요는 원래 건강과 장수를 기원하는 노래였지만, 메이지 시대에 정치적 목적을 위해 천황이 전면에 등장하면서 천황을 칭송하는 노래로 한정되었다.

혼성여단장 오오시마 요시마사는 청군이 천안을 지나 공주로 도주해 섭지초 총사령관과 합류한 것을 이미 알고 있었다. 일본군이 청나라 군대의 주둔지였던 아산으로 종군기자들과 함께 몰려가게 한 것은 일본의 국력을 대외적으로 과시하는 것이었고, 또 한편으로는 아산을 통과하는 청국군의 병력과 물자보급을 원천 봉쇄하기 위함이었다. 양국이 정식으로 선전포고한 전쟁도 아닌데, 대낮에 서로 백병전을 벌인다면 전력손실이 너무 크다는 것도 잘 알고 있었기 때문이었다.

일본군은 월봉산에 경계병 일부를 남기고 대정리와 대홍리, 안궁리에 걸쳐 진을 치고 휴식에 들어갔다. 부상당한 병사는 정성으로 치료해주고 온종일 굶은 병사들에게는 마음껏 먹을 수 있는 특식을 제공해주었다.

"대일본제국 황군에게 패배는 없다. 오직 승리만 있을 뿐이다. 대일본제국을 위하여, 천황폐하를 위하여 건배!"

일본 군대의 잔치였다. 승리가 불러온 오만으로 기쁨이 물결쳤다. 술에 취한 병사가 비틀거려도 '군기 빠졌다.' 누구 한 사람 나서서 나무라지 않았다. 코미네도 장교들과 술잔을 기울였다. 여단장으로부터 수원부에서 일어난 절망적인 일을 완벽하게 처리해 오늘의 승리가 있었다는 치하를 들었다. 기분 좋은 회식이 끝나고 막사로 돌아왔는데 아직도 잠에 들지 않은 무치가 문밖에서 기다리고 있었다. 이 밤, 저 가여운 조선 젊은이에게 무슨 말이든 한마디 하지 않으면 안 될 것만 같았다.

"너도 천자문을 익혀서 잘 알고 있겠지만 선과 악은 반대다. 그러나 아름다운 것과 추한 것이 반대가 아닌 것처럼 남자와 여자는 반대가 아니고 상대다. 낮과 밤도 상대다. 나라와 나라도 상대다. 이렇게 선과 악을 뺀 모든 사물은 상대인데 어떻게 대처하느냐에 따라 다르다. 너도 오늘 전투를 두 눈으로 똑똑히 보지 않았느냐. 전쟁에서 정의는 없다. 오직 승리가 정의다. 이긴 자만이 정의를 말할 수 있다. 이게 일본 정신이다. 일본인은 남에게 피해를 주는 것을 가장 수치스럽게 여긴다. 남에게 피해를 준 사람은 자살로 그 빚을 갚을 때도 있다. 일본 사람들이 제일 좋아하는 말이 마지메다. 마지메는 진면목이라는 단어인데, 거짓이나 장난이 아닌 진지하고 성실하다는 뜻이다. 현실에서는 전투의 패배보다 마음의 패배가 더 무섭다. 패배도 습관이 되는데 지금 조선이 그렇다. 훗날 기회가 되면 일본에 와서 일본을 배워라. 그리고 뿌리가 허약한 조선을 위해 힘을 보태라."

무치는 생각이 깊어져 좀처럼 잠을 이룰 수가 없었다. 조선의 왕이 악인가, 조선의 관리가 악인가 조선의 양반이 악인가, 그렇다면 조선의 백성만이 선인가. 원래 선만 있으면 선이 필요 없을 것이고, 원래 악만 있으면 악이 필요 없겠지. 선과 악이 평등하게 존재하기 때문에 사람들은 죽을 때까지 선과 악을 구분하는 것 아닌가. 무치는 천자문 끝부분에 나와 있는 '어리석고 무지하면 책망을 듣게 마련이다.'

라는 뜻을 가진 우몽등초(愚蒙等誚)를 생각했다. 학문과 덕행이 없어 남들에게 책망받는 사람이 가장 어리석은 인간이라고 누누이 가르친 서당 훈장님 말씀을 끌어내 하얀 홑이불처럼 가슴을 덮었다.

다음 날 동이 트자, 성환전투에서 승리한 혼성여단장 오오시마 요시마사는 대정리 우물로 정결하게 목욕하고, 월봉산 봉우리 큰 바위 앞에 마련한 제단 앞에 섰다. 대일본제국 천황폐하의 은덕과 이번 전투에서 전사한 병사들의 넋을 기리기 위한 특별한 제였다. 사령관은 아침 아홉시를 기다려 제단 앞에 무릎을 꿇고 제문을 읊기 시작했다.

"1894년 7월 31일 아침 이렇게 눈부신 날, 대일본제국 천황폐하의 명을 수행하는 오오시마 요시마사가 엎드려 비나이다. 높고 넓은 하늘이시여 우리의 정성을 받아주소서.

인간의 귀함을 일찍이 알고 있었습니다. 인간의 평등도 일찍이 알고 있었습니다. 따라서 우리는 인간의 귀함과 인간의 평등함을 지키기 위해 거친 바다 건너 조선으로 진출해 기꺼이 젊은 목숨을 던졌습니다. 이 세상에서 살아있는 목숨을 던질 때 슬프지 않을 까닭이 없습니다. 낯선 땅에 묻히는 주검을 보며 외롭지 않을 까닭이 없습니다. 하오나 눈물을 거두고 흩어진 넋을 하나하나 그러모아, 조선의 땅 성환 월봉산 봉우리에서 바칩니다. 만고의 충절을 잊지 않는 약속으로 아깝고 안타까운 정을 떼어 바치니, 천지신명이시여 부디 어린 영혼을 굽어 살펴주시옵소서."

제를 마친 오오시마 요시마사는 승리에 취한 호기를 내보였다.

물 같은 세월이 부식되기 전에
황군의 죽음이 헛되이 잊히기 전에
청을 평정해 천황폐하께 바치겠노라.

성환전투에서 승리한 일본군은 7월 31일 오후 평

택 소사장으로 집결하였다. 본격적인 철군 준비에 들어갔는데 여단장 명령이 떨어졌다.

"보병 제11연대 제12중대를 성환으로 파견하니 전리품을 정리 수송하고, 각 중대에서 차출한 병사 80명과 짐마를 아산에 남기고 다시 이곳으로 귀대하라. 그리고 제21연대 제7중대는 전리품을 징발선에 탑재하고, 인천으로 해로해서 용산으로 귀대하라!"

제11연대 12중대는 성환에서 전리품을 정리해 아산으로 갔고, 8월 1일 오전 4시에 아산을 출발해 그날 정오에 평택 소사장으로 돌아왔다. 그리고 제21연대 7중대는 8월 2일 인천에 도착한 다음, 8월 4일 용산으로 귀착하였다.
8월 1일 오후 전 부대에 귀대명령이 하달되었다.

"대일본제국 황군은 즉시 귀대하라!"

한낮 불볕더위는 참을 수 없는 고통이었다. 여단

은 할 수 없이 야간 행군을 선택했다. 8월 1일 오후 4시 평택에서 출발해서 진위에 도착한 다음, 2일 오후 5시 30분 다시 진위를 출발해서 다음 날 오전 6시 수원에 도착했다. 연일 야간 행군은 피곤을 불러왔다. 4일 새벽 3시에 수원을 출발한 여단은 아홉 시간이 조금 지난 오전 10시 30분 과천에 도착했다. 5일 밤 1시 다시 과천에서 출발해 오전 4시 동작진에 도착한 다음, 오전 8시 30분 한강 도하를 마치고 용산에 도착했다. 그리고 여단의 모든 병사는 개선문 앞에 정렬하였다.

1894년 8월 5일 용산 삼각지에서 개선식을 성대하게 거행하였다. 장대한 개선문을 세웠는데, 간판 '개선문(凱旋門)'이란 글은 오오토리 공사가 섰다. 조선 국왕 고종의 칙사와 오오토리 공사와 조선, 일본 관민이 마중 나와 지켜보는 가운데 개선식 막이 올랐다.

"천황 폐하 만세! 조선 국왕 만세!"

전쟁에서 살인은 유희다. 어차피 승리한 자가 영웅이다. 노획한 전리품 커다란 세 개의 기, 섭(葉), 섭(聶), 빙(憑)이 쓰인 기는 선두가 들었고, 대포 5문은 소 멍에에 연결하여 삼각지, 만리창 등으로 끌고 다녔다. 그리고 또 다른 전리품 징과 꽹과리를 신명 나게 두드리며 행군의 뒤를 따랐는데, 이들은 모두가 조선인이었다. '누가 이 땅의 주인인가.' 원초적 질문을 던지지 않았어도, 일본 군대는 조선의 백성들과 외국인들에게 일본의 힘을 마음껏 과시하였다.

이날 오후 5시 여단장은 조선 국왕의 초대로 궁궐에 들어가 고종을 알현하였다. 그 자리에서 오오시마는 국왕에게 성환전투에서 일본군의 활약상을 간략하게 설명하였다. 그러자 고종은 친위북영서에서 모든 장교를 위해 위로 연회를 개최하였다. 식탁에 산해진미가 수북하였는데, 그중에 일본 장교들을 놀라게 한 것은 얼음에 채운 수박이었다.

"이 찜통더위에 얼음이라니, 어떻게 된 것이냐."

어느 장교가 시중드는 궁인에게 물었더니, 궁인의 대답은 동문서답이었다.

"서빙고에서 가져왔습니다."

연회가 무르익을 무렵 붓글씨에 일가견 있는 여단장 오오시마가 곁에 있는 고종에게 물었다.

"조선에서 이완용 대신이 당대 최고의 명필이라고 들었는데 그의 글씨를 한번 보고 싶습니다."

그러자 조선의 제249대 마지막 영의정(1894년 8월 15일부터 의정부 총리대신으로 이름이 바뀜) 김홍집이 고종을 대신해 대답했다.

"지금 이완용 대감은 작년에 모친상을 당해 모든 관직을 내려놓고 낙향하였습니다. 3년 상이 끝나는 대로 여단장 각하를 찾아뵙도록 주선하겠습니다."

직례제독 섭지초와 규합한 직례총병 섭사성은 직례총독 이홍장 명령에 따라 공주에서 진천, 청주를 지나 원주, 춘천, 금화, 상원을 거쳐 8월 28일 평양 주력부대와 합류했다. 이로써 평양에 잔류하는 청국군 병력은 15,000명으로 불어났다.

　하지만 청국군은 퇴각하는 과정에서 약탈, 방화, 강간, 징발 등 조선인에게 막대한 피해를 입혔다. 청나라 군대가 이르는 곳마다 피난 가는 백성이 부지기수였다. 조선 조정으로부터 인마 징발권을 발급받아 행군하는 청나라 군인, 굶주린 3,500명의 젊은 병사들이 휩쓸고 가는데 과연 무엇이 남아날까.

　적군이나 아군이나 죽은 자는 말이 없다. 죽은 자 앞에서 구차하게 변명하지 마라. 그러나 직례제독 섭지초는 직접 몸으로 싸우다 패한 직례총병 섭사성보다 인간의 고뇌를 실감 나게 표현해야 했다. 전투의 패배를 불가항력이라고 신화처럼 성공적으로 묘사해야 했다. 그런 상황이 되면 누구든지 당연히 그렇게 할 수밖에 없었을 것이라고 믿게 만들어야 했다. 작전의 실패를 극적인 감동으로 반전시켜야 했다. 그렇게 하지 않으면 언제 본국으로 소환되어 어떤 죽음에 이를지 아무도 모르기 때문이었다.

"전쟁에서 생존한다는 것은 위대한 일이다."

어둠에서 눈 뜬 별들이
대지에 고요히 빛을 뿌릴 때
독 오른 뱀의 영혼은
젊은이들의 육신을 파고들어 가
살인하는 병사로 둔갑했다

오직 죽음의 명령으로
불꽃을 집어삼킨 병사들은
생의 간격을 있는 대로 좁히고
별이 울어 그리움이 깊은 밤
붉은 피 흘리며 진격했다

서로 따뜻한 등을 기대고
긴장의 끈을 묶어 의지했던

전우애도 아무 소용없이
바람 속으로 떨어지는 꽃잎처럼
병사들은 이국땅에서 숨졌다

"무치야, 급하지 않으면 내 곁에 좀 더 머물러 일본말과 서역 문물을 배웠으면 좋겠다."

 만나면 헤어지는 게 당연한 일인데 이별에는 으레 서운함이 깃들어 있다. 처음 왔던 길로 돌아가는 이별, 일부러 선택한 외로움이 아닌데도 돌아서는 뒷모습은 한없이 쓸쓸했다. 베풀어준 호의가 정으로 남아 더욱 가슴 시린 이별이, 인간의 약속을 깨뜨리는 것만 같아 쉽사리 발길을 돌릴 수 없었다.
 한동안 숙식을 같이한 통역사 코미네는 어느새 무치의 스승으로 자리매김했다. 사물을 꿰뚫어 보는 매의 눈은 이미 도를 닦은 선승처럼 차라리 온화했다. 세상의 흐름과 닥쳐올 앞일을 알면 모서리가 날카로운 마음도 조약돌처럼 둥글게 변하는 것인가 보다. 코미네가 다시 말을 이어갔다.

"전쟁은 시작부터 손해인데, 일본이 조선에 진출해 목숨 걸고 전쟁하는 것은 조선이 주인 없는 나라와 다름없기 때문이다. 지금 조선은 먼저 보는 사람이 임자라는 것이 문제다. 튼튼한 자주 국력으로 제 나라를 완벽하게 지켜 다른 나라와 균형을 이루면 서로 아무 일 없다. 지금까지 조선을 속국으로 지배한 청나라는 잦은 내전과 썩은 정치로 골병들어 곧 무너질 것이다. 청나라가 물러가면 그 자리에 무지막지한 러시아가 밀고 내려올 것이고, 러시아가 조선을 차지하면 일본도 위험해진다. 일본은 나라의 근심거리를 미리 예방하기 위해서 조선에 일본 군대를 주둔시키는 중이다. 9년 전 영국해군이 거문도에 상륙한 것은 러시아가 전라도로 남하해 고흥에 군항을 설치하고, 극동을 통과하는 뱃길을 막는 것을 방지하기 위해서였다. 재난을 당하기 전에 재난을 대비하는 것이 국가가 존재하는 이유다. 이렇게 국제적인 긴장이 조성되었는데 조선은 재난을 당하고서도 아직도 꿈속에서 헤어나지 못하고 있다. 영국이 거문도를 점령했을 때도 그랬고, 이번 일청전쟁 성환전투 때도 그랬다. 조선은 한 번도 여기는 조선 땅이라고 조선의 소유권을 강력하게 주장한 적이 없다. 오죽하면 조선인과 조선의 우마를 징발해도 괜찮다는 통리아문 문서를 일본과 청나라에 동시에 보냈을까. 이것은 조선이 일본과 청나라 사이에 양다리를 걸치고 있다가 승리하는 나라에 붙으려는 주권 없는 행위다. 이러한 일을 살펴볼 때 조선은 러시아가 진출하면 또다시 저 속이 검은 러시아에 나라를 의탁할 것이 분명하다. 그래서 일본 국민은 나라 전체가 위험에 빠지게 된다는 것을 잘 알고 있기 때문에 이번 일청전쟁을 매우 중요하게 지켜보고 있다. 이제 조선도 긴 잠에서 깨어나 함께 가는 길, 함께 견디는 길, 함께 사는 길을 찾지 않으면 안 된다. 세상에서 가장 강한 나라는 영토가 큰 나라도 아니고, 인구가 많은 나라도 아니다. 주위에 도와주는 나라가 많은 나라가 강한 나라다. 그러나 백성들이 한마음으로 단결하지 않으면 도와주는 나라는 없다. 조선은 패배주의에 길든 조선의 정신을 하루빨리 뜯어

고치지 않으면 영원히 나라다운 나라가 될 수 없다. 그동안 조선이 외세를 막기 위해 나라의 빗장을 단단하게 질렀지만, 벌써 수천 명의 외국 군인이 조선 각지에 주둔하고 있다. 일본군이 궁궐에 들어갔을 때 조선 경비병이 왕을 혼자 있게 하고 허겁지겁 도망친 것은 무기의 열세 때문이다. 진작 신식 무기로 무장하고 신식 군대로 편성했더라면 어찌 그런 일이 발생할 수 있었겠느냐. 조선은 그동안 자립할 생각은 하지 않고 무슨 일이 생기면 청나라가 해결해 주겠지 하는 헛된 믿음으로 나라를 지탱해 왔다. 그러나 서양은 일찍이 증기기관을 발명해 소와 말이 하던 일을 기계가 대신하게 했고, 또 발전소를 건설해 밤을 환하게 밝히는 것도 모자라 전기로 가는 전기차도 만들어냈다. 13년 전 그러니까 1881년 프랑스의 구스타프 트루베가 삼륜 전기차를 발명해 상용화에 성공하였다. 이렇게 서양은 과학만 발전한 것이 아니라 문화 예술 의학 정치도 함께 눈부시게 발전했다. 같은 달을 보며, 달에는 계수나무와 떡방아 찧는 토끼가 있다고 전설을 말하는 조선인에 비해, 서양인은 달에는 공기가 없고 무중력상태라는 과학을 말한다. 조선은 우수한 한글을 가지고 있으면서도 글을 모르는 사람이 너무 많다. 서양은 먹거리와 상관없다 해도 글 쓰는 문학을 매우 중요하게 생각한다. 천사의 옷에는 꿰맨 자국이 없는데 사람의 마음은 꿰맨 자국투성이다. 문학이 꿰맨 마음의 자국을 지워주기 때문에 문학을 중요하게 여기는 것이다. 또 귀중한 문화재급 석굴암은 벽과 천장이 언제 무너져 내렸는지 아직도 폐허로 방치되어 있다. 서양 같았으면 벌써 복원해서 문화재로 지정했을 것이다. 세상의 흐름은 물과 같아서 막으면 넘쳐흐른다. 그래서 일본은 많은 지식인을 문물이 발전한 서양으로 유학 보냈고, 이미 유학을 갔다 왔거나 유학을 하고 있는 중이다. 그리고 수많은 학자가 모여 영어, 독일어, 프랑스어, 그리스어 등을 한자어로 바꿔 신명사를 만들어냈다. 과학 용어, 문학 용어, 의학용어, 정치 용어, 일상용어가 바로 그것이다. 의식, 이상, 국제, 건축, 학교, 전통, 현실, 역사, 상식, 견습, 낭만, 해방, 투쟁, 혁명, 민주, 사상, 정치, 동지, 자유, 등등의 무수한 신조어가 그것이고, 이런 단어가 조선에 그대로 들어가 눌러앉을 것이 뻔한 데도 조선은 서양으로 유학 간 사람이 단 한 사람도 없다. 이렇게 세상이 급변하는데 조선인들은 대부분 품앗이로 농사짓는다. 혼자 해도 될 일을 여럿이 하는 것은 때로는 인력 낭비다. 이를 서로 돕는 상부상조라고 하더라도 능률이 오르지 않으면 아무 소용없다. 하늘의 뜻이라고 변명하지 말고 농사도 과학적으로 지어야 한다. 모든 것을 공동으로 해결하려는 풍습을 바꾸어야 한다. 이미 일본은 농촌 마을마다 저수지를 만들었고 수로를 건설해 개인 논까지 연결하여 천수답은 거의 사라졌다. 그뿐만 아니라 벼의 품종을 개량하여 수확을 혁명적으로 늘렸다. 조선은 아직도 일부 양반과 관리들을 제외한 모든 사람이 신분과 상관없이 짚신을 신고 있다. 쉽게 헤지고 물에 매우 취약한 짚신을 삼국시대 이전부터 신고 살았다. 일본도 나무로 만든 게다를 신고 살지 않느냐 하고 반문하겠지만, 요즘 일본은 겨울이 없는 따뜻한 나라에서 생산된 생고무를 들여와 질기고 완전 방수가 되는 고무신을 만들어 신고 있다. 이러한 것들을 배우려면 먼저 일본말을 배우고 또한 서양말도 배워야 한다. 세상 이치를 모르면 답답함은 물론이지만 결국 남의 나라 노예로 살 수밖에 없다. 무치야, 너는 일본 사람이 서양에 가서 힘들게 배워온 서역 문물을 일본에 와서 배우면 된다. 남의 창작물을 무단 사용하면 상대의 영혼을 훔치는 것이지만, 지금 자전거 바퀴 하나 만들 수 없는 조선은 그런 거 따질 형편이 아니다. 일본 것을 모방하던 서양 것을 모방하던 무조건 베껴와 현실에 적용해야 한다. 이치를 깨치는데 꼭 시간이나 장소가 필요한 건 아니다. 그리고 물에 빠진 놈 중에, 없는 보따리 내놓으라고 할 놈은 처음부터 건져주지 말아야 한다. 사람이 가져야 하고 지켜야 할 덕목 중에서 가장 기본이 되는 덕목이 정직이다. 거짓말을 함부로 하면 믿음을 잃게 되고, 믿음을 잃게 되면 어느 누구로부터도 신뢰받지 못한다. 뿔이 있는 소는 날카로운 이빨이 없고, 날카로운 이빨이 있는 호랑이는 뿔이 없다. 얼핏 보면 서로 공정한 것 같지만 결국 한쪽이 잡아먹고 만다.

우리 사는 세상은 이보다 냉혹하다. 사람 사귀는데 신중을 기하라. 잡초는 곡식보다 빨리 자란다. 밭의 잡초를 때맞춰 제거하지 않으면 곡식은 잡초에 치여서 잘 자랄 수가 없다. 잡초 같은 사람과 곡식 같은 사람을 구별할 줄 아는 눈을 가져라. 다시 말해 정이 없는 사람, 예의가 없는 사람, 지식이 없는 사람, 능력이 없는 사람은 멀리하라는 것이다. 불쌍한 사람은 끌어안는 것만이 능사가 아니다. 고슴도치는 끌어안으면 서로 찔려서 피를 흘린다. 자연조건이 좋은 환경에서는 인류문명이 태어나지 않는다. 거친 광야 같은 가혹한 환경이 유능한 문화를 만든다. 조선은 기후가 온화할 뿐만 아니라 비도 적당히 내려 농사짓기가 일본보다 훨씬 수월하다. 그러나 일본은 굶어 죽는 사람이 없는데 조선은 굶어 죽는 사람이 지방 곳곳에서 속출한다. 세상 어디에도 없는 언어 보릿고개라는 말이 조선의 현실을 잘 표현하고 있다. 지금도 조선은 세상에 알려지지 않은 미지의 땅이다. 많은 백성이 전염병으로 죽음에 내몰리고 있어 서양 선교사들이 다투어 몰려오고 있다. 1884년

알렌 선교사 이후로 수많은 선교사가 흑암에 처한 조선을 복음으로 깨워서 여명의 아침을 열고 있다. 그들은 학교를 세우고 병원을 세워서 폐쇄적이고 미개한 조선을 개혁하면서 조선에 새 생명을 불어넣고 있다. 이런 현실에서 좋은 나라 나쁜 나라가 따로 없다. 중국, 일본, 미국. 러시아, 그리고 유럽 때문이라는 핑계를 대지 말고 어리석은 생각부터 고쳐야 한다. 변명이 사과로 받아들여지는 시대를 숙맥의 시대라고 한다. 따라서 숙맥의 시대는 어떤 혼란의 시대보다 폐해가 크다. 지금의 미국은 저 광활한 대륙을 지배했던 인디언의 나라였다. 1767년 영국과 프랑스가 그들의 땅을 차지하기 위해 전쟁을 벌였고, 이때 인디언은 프랑스 편을 들었는데, 프랑스가 패하자 영국에게 모진 보복을 당했다. 또 9년 후 1776년 미국이 영국에 대한 독립전쟁을 시작했다. 이때 인디언은 영국 편을 들었다. 영국이 패하자 이번에는 미국에 보복당하여 씨가 마를 정도로 쇠락하였다. 지금 조선이 이런 처지에 놓여있다. 중국, 러시아, 일본 중 어느 나라와 손을 잡아야 하는지 잘못된

한 번의 판단으로 인디언처럼 될 수도 있다. 스스로 힘을 길러야만 좋고 강한 나라가 될 수 있는데도, 상식과 비정상을 구별하지 못하는 조선이 바로 숙맥의 나라다. 앞으로 닥쳐올 일을 예견해 볼 때, 조선은 새로운 시대가 열릴 것이다. 그러면 일본 또는 서양의 문물이 들어올 것이고, 그때는 노비와 상민 그리고 양반의 신분제도가 없어지리라고 본다. 우리 사는 세상은 모든 일에 때가 있다. 누울 때 일어설 때 말해야 할 때 침묵해야 할 때 관망할 때 도전할 때가 있는데, 때를 놓치면 일이 꼬이고 흐트러져 결국 되돌릴 수 없는 파탄에 이르고 만다. 새로운 바람이 부는 현실에서 노비, 상놈, 여자들은 제대로 된 이름이 없다. 특히 여인들은 태어난 곳을 지명해 서산댁, 목포댁, 부산댁, 강릉댁, 평양댁 등으로 불린다. 이제 너도 노비 이름을 가지고 살 수는 없다. 내가 잠시 생각해보았는데, 성으로 불리는 돌 자를 돌 석 자로 하고, 이름에서 무자는 호반 무로, 치자는 새 신으로 바꾸어 네 이름을 석무신(石武新)으로 했으면 좋겠다. 이름으로 개인의 육신을 호명하지만 이름이 영혼을 불러온다. 거친 파도가 유능한 사공을 만든다는 말이 있어도 힘으로도 열 수 없는 것이 마음의 문이다. 돈으로도 열 수 없는 것이 마음의 문이다. 모든 것은 마음먹기에 달려있다고 일찍이 신라 고승 원효대사가 말하지 않았느냐. 권력에 대한 욕망, 재물에 대한 욕망은 인간이면 누구나 가지고 있는 내심의 기본이다. 욕망은 채워지지 않고 끝없이 이어지는 것이다. 가만 놔두면 제 마음대로 하는 마음을 절제하는 것이 수신(修身)이다. 모든 죄의 근원이 되는 과욕이 한 개인의 문제라고 할 수 있지만, 저마다 마음을 단속하는 힘을 길러야 한다. 그러지 않으면 과욕이 자신은 물론 주위를 악으로 물들인다. 해결될 일이라면 미리 걱정할 것 없다. 해결이 안 될 일이라면 걱정해도 소용없다. 남과 비교하지 말고 오직 자신에 대해 만족하라. 감나무에 매달린 홍시같이 내 마음은 내 안에서 무르익게 해야 한다. 의지만 굳건하다면 이루지 못할 것이 없다. 사람에게는 숨겨진 잠재력이 있는데, 주어진 조건을 어떻게 다스리냐에 따라 닥친 위기가 도리어 복의 통로가 되어 인생 역전이 될 수도 있다. 아무리 작은 일이라 해도 만만히 보면 실패할 수 있다. 호랑이는 토끼 사냥할 때도 최선을 다한다. 사소한 일에 정성을 다하며 맺고 끊음을 분명히 하고, 조급함을 드러내지 말아야 한다. 강풍이 불어 나뭇가지가 꺾였으면 꺾였지, 새의 둥지는 부서지지 않는다. 또 사람을 부리는 방법을 배워야 한다. 조선인은 시키면 시키는 대로 시킨 일만 하지 스스로 일을 찾아서 하지 않는다. 일을 시키는 사람도 일방적인 강요일 뿐 상대를 배려할 줄 모른다. 마당 쓸려고 싸리비 들고 있는데 '마당 쓸어라' 하고 명령하면 화가 치미는 것 이미 경험하지 않았느냐. 살(殺)이 끼었을 때 화를 못 참으면 살인을 하게 된다. 그러면 너도 사형을 면치 못한다. 조선인은 삼세번이란 말을 자주 한다. 무슨 일이든 세 번은 해 봐야 한다는 뜻도 있고 또 세상을 살면서 좋은 기회가 세 번은 온다는 뜻도 있다. 화가 날 때마다 참을 인(忍)을 삼세번 외우고 그 일을 행하라. 칼날은 참지 못하는 자를 가장 먼저 찌르지만 그 칼날을 잘 사용하면 온갖 마음의 증오를 잘라낼 수 있다. 삶을

뒤돌아보면 실수했거나 기회를 놓친 것을 후회할 때가 있다. 이미 엎질어진 물은 아쉬워해 봐야 복장만 터진다. 지나간 일은 잘되었건 잘못되었건 깨끗이 인정하고 지나가라. 살며 자연을 거스르지 마라. 자연에 유연하게 순응하는 것이 강함이다. 자연과 우직하게 하나 되는 것이 지혜다. 사람들은 저마다 자기의 분수가 있는데, 자기의 분수를 지키며 분수에 맞게 사는 것도 지혜다. 희망은 본래 있던 것이 아니다. 또 아무것도 없는 곳에서 생겨나는 것도 아니다. 희망은 희망을 믿는 사람에게 존재한다. 아무리 불평해도 세상은 변하지 않는다. 예쁜 꽃은 열매가 변변하지 않고 꽃이 변변하지 않은 나무는 튼실한 열매를 맺는다. 유단취장(有短取長) 이 말처럼 단점이 있어도 장점을 볼 줄 알고 취할 줄도 알아야 한다. 생각에 따라 각자 다르지만, 살아가는데 배고픔 추위 질병 전쟁이 가장 큰 어려움이다. 그러나 진보하는 현실은 도리를 구별할 줄 모르는 문맹이 가장 큰 어려움이다. 완벽하지 않아도 부족함 없이 배워라. 남에게 베풀며 사는 것이 복인데, 조선인은 권력이 있거나 유명한 사람 앞에서는 지나칠 정도로 친절하지만, 자기보다 약하거나 힘없는 사람에게는 거만하기가 짝이 없다. 많이 배운 사람일수록 말은 유식한데 행동은 무식하다. 가장 가치 없는 사람은 인간미가 없는 사람이고, 가장 큰 도둑은 시간을 낭비하는 사람이다. 그러나 사람의 진면목은 마음에서 나온다. 남에게 호감을 주는 얼굴을 가지려면 마음을 곱게 써야 한다. 착한 마음으로 남을 돕고 배려하면 얼굴이 부드럽게 변할 것이고, 좋은 얼굴을 가지고 있더라도 나쁘게 마음을 먹으면 사악한 인상으로 변할 것이다. 빛과 그림자가 공존하는 세상에서 기회는 준비하는 사람에게 찾아온다. 실패를 두려워 말고 과감하게 도전하라. 오늘 이후부터 모든 일에 자신감 있는 용기를 가지고 행동하라. 용기가 없으면 사나이가 아니다. 용기가 없으면 청춘이 아니다. 한 사람이 나라를 구할 수도 있는데 그게 바로 너일 수도 있다. 석무신일 수도 있다. 조물주가 사람을 아무 의미 없이 낳게 하지 않았다는 천불생 무록지인(天不生 無祿之人)을 생각하며 살아라."

사랑하는 사람과 이별하는 괴로움을 '애별리고'라고 하는데, 불교에서는 여덟 가지 고통 중의 하나라고 한다. 생고(生苦) 노고(老苦) 병고(病苦) 사고(死苦) 애별리고(愛別離苦) 원증회고(怨憎會苦) 구부득고(求不得苦) 오음성고(五陰盛苦)가 그것이다. 이처럼 다양한 괴로움에서 애별리고도 인간관계에서 빚어지는 고통이다. 많은 수행을 통해 극복해야 한다고 생각한 돌무치는 통역사 코미네 곁에 남아 신분제가 없는 세상, 기술자가 대우받는 사회, 선진 일본을 배워 조선에 보탬이 되는 사람으로 거듭나겠다고 마음먹었다.

"생은 단 한 번의 여행이다. 시련으로부터 도망치지 않으리라. 현명한 사람은 옷깃만 스쳐도 인연을 살려낸다. 인생은 새옹지마다. 살며 일희일비할 것 없다. 깨달음을 얻을 때는 커다란 고통이 수반된다. 사람이 살고 싶어 하는 나라를 만들면 분명히 어제보다 나은 오늘이 될 것이다."

별 실은 배를 저어
하늘을 거슬러 가는 마음이
영원한 꽃 시절인데
무엇이 슬픔으로 밀려올까

몸에 돋아난 땀방울이
붉은 꽃잎으로 필 때까지
이글거리는 태양처럼
가슴을 남김없이 불태워라

속이 비어 있어 강한
푸른 대나무를 생각하고
길을 가다가 쉬지 않으면
느리게 걸어도 천 리 간다

5
못다한 이야기

못다 한 이야기

  청일전쟁 성환전투는 단 하루의 일전(一戰)이었는데, 일본에는 커다란 국운을 가져다주었고, 청나라에는 멸망의 시작을 알려주었다. 그러나 성환전투는 많은 병법을 동원하지 않은, 그저 마주 보고 싸우는 구식 대포 몇 문의 포격과 소총 공격이 전부였다. 그런데도 일본은 성환전투를 기점으로 청나라에 항복을 받아냈고, 이 국운을 이어 러일전쟁에서 러시아에 치욕적인 패배를 안겨주었다.

  불과 130년 전 일인데, 조선과 상관없었던 일처럼 지금은 모두가 까맣게 잊고 있다. 조선 땅에서 시작된 청일전쟁과 조선 해협에서 일어난 러일전쟁으로 인해, 청나라와 러시아는 대대로 이어온 왕권이 무너졌다. '민중을 구원하려 하는 지극한 뜻에서 나온 것이니 신민들은 이 뜻을 능히 헤아리라.' 조선은 순종이 이 말을 마지막으로 남기고 왕권을 스스로 일본에 바쳤다. 그래서 현재까지 왕권을 이어가는 나라는 네 나라 중 유일하게 일본뿐이다.

새는 양 날개를 펼쳐야 나를 수 있다. 새는 하늘을 나를 때가 가장 자유롭다. 서로 역사를 따로 말하는 현실에서 장대한 둑도 개미구멍으로부터 무너진다는 말이 실감 나는 것은 무슨 이유일까. 임진왜란, 병자호란을 겪고도 정신 차리지 못해 끝내 망하고 만 나라, 조선 끝 무렵은 친청파, 친일파로 갈라져 싸우다가 그것도 모자라 친러파, 친미파까지 생겨났다. 지금도 이 못된 버릇을 버리지 못하고 친중파, 친미파, 친일파, 친북파로 갈라져 서로 물어뜯고 있다.

같은 백성을 노예로 만들어 가축처럼 사고파는 조선을 누가 보석 같은 나라라고 말했는가. 일본 식민지 시대가 끝나자마자 오백 년 이상 이어온 당파싸움이 다시 도진 대한민국은 체제 전쟁으로 두 조각 났다. 남과 북이 갈라져 충돌하고 있는 중요한 시기에, 단지 국민이 가진 한 표를 얻기 위해 쓸데없는 아집으로 치열하게 싸우고 있다. 네 국민 따로 있고 내 국민 따로 있는 비통한 정치가, '떡장수 손에는 떡고물이 묻게 마련이다.' 이 말을 거리낌 없이 내뱉는 비리의 정치가 삼각파도 몰아치는 바다에 일엽편주로 떠도는 형국의 시대를 만들고 있다.

우리는 우리 힘으로 독립한 적이 있는가. 우리는 우리 역사를 스스로 지우는 미개한 민족인가. '죽창을 들자.' 이런 유치한 선동은 이제 그만하자. 세월의 흔적이 아무리 아프다 해도 역사는 역사로 남겨야 한다. 혼잡한 시대의 역사를 냉정하게 되짚고 함께 사는 법을 배워야 한다. 어차피 야망의 사내들이 있는 한 전쟁은 그치지 않는다. 대륙을 정복한 섬나라 일본 정신을 섭렵하고 싶어, 마음이 헝클어진 이 시간 청일전쟁 성환전투를 끄집어냈다.

1894년 7월 29일 자정에 시작한 성환전투에서 청

나라군의 사상자는 500여 명이고, 일본군은 사망 34명, 부상 54명이었다. 중국에서는 갑오년에 일어났다고 갑오전쟁이라고 불렀다.

'아산이 깨지나 평택이 무너지나.' 청일전쟁 성환전투 후에 이 말이 생겨났다. 즉 어느 나라가 이겨도 우리에게는 상관없다는 뜻도 있고, 네가 죽어도 내가 죽어도 끝까지 해보자는 사생결단의 뜻도 가지고 있다. 그리고 일본군이 주둔했던 평택 들과 안궁리 들을 청군이 패했다고 해서 청망평(淸亡坪)이라고 불렀다. 안성천에 복구된 성환과 평택을 잇는 다리를 망군다리(亡軍橋)라고 했는데 지금은 '만근다리'라고 부른다.

청일전쟁 성환전투의 중심 무대였던 중리, 안성환, 송곡에서는 근래까지 돌팔매 싸움을 이어갔다. 월봉산에 올라 '송골놈들 덤벼라.' 외치면 그쪽에서도 기죽지 않고 돌을 던지며, 마치 청나라군과 일본군의 싸움처럼 서로 월봉산 탈환을 전개하였다. 이 무렵 월봉산 정상에는 기와 파편이 드문드문 있었다. 조선 시대에 정자가 있었던 것이 분명하다.

옛날 성환면사무소 뒤에 마쯔자키 나오오미 대위의 기념비를 세웠는데, 1911년 초대 조선총독 테라우찌 마사다께가 주선해 1912년 10월에 준공했다. 높이 9m가 넘는 거대한 비로, 육군보병대위송기직신비(陸軍步兵大尉松崎直臣碑) 휘호는 육군 대장으로 진급한 오오시마 요시마사가 썼다. 당시는 1천 평 넓이의 공원으로 만들어 성역화하였으며, 또 공원 입구에는 전사할 때까지 나팔을 놓지 않았다는 키구치 이등병 비도 세웠다. 지금도 성신초등학교 운동장을 비석산으로 부른다.

1917년 11월 성환 안궁리에 33 용사를 기리는 충혼비를 세워 전쟁 영웅으로 칭송했는데, 송기대위분투충사지처(松崎大尉奮鬪忠死之處) 이 휘호 또한 오오시마 요시마사가 썼다. 해방 직후 무너트린 충혼비 잔해들은 지금도 안궁리 주유소와 그 근처에 묻혀있다.

일본군이 청나라 군대가 머물고 있는 우신리로 진격하기 위해 하천을 건너다 23명이 어룡리 입구에서 익사했는데, 사람들은 그 지점을 몰왜보(沒倭洑)라고 불렀다. 1894년 7월 30일 오전 3시, 불어난 물과 바닥이 정강이까지 빠지는 개흙인 줄 모르고 건너다 참사한 곳이다.

1904년 12월 27일 경부선철도가 완공되었고, 1905년 1월 1일 개통하였다. 성환에 기차역이 생기자 성환역이라고 이름을 붙였다. '기쁨을 이룬다'라는 뜻을 가진 성환의 이름이 이때 생겨났다. 이전에는 직산군 이서면이었는데 행정 개편으로 천안군 성환면으로 바뀌었다. 성환은 '남자와 여자의 결합'이라는 의미도 가지고 있다. '마땅히 무엇인가를 거둬 기쁨에 이른다'라는 이름에 걸맞게 쌀, 참외, 배, 사금이 많이 생산되는 지역이었다. 이 때문인지 이미 오래전부터 주위의 역참 10여 개를 관장하는 종6품 관원 찰방이 성환 역참(전 제민고등공민학교 터, 현 동성중학교 전신)에 기거하였다.

성환역장은 다른 역장보다 한 직급이 높은 역장을 임명하였다. 그리고 성환역 앞에서 빤히 보이는 동산에 1928년 성환 신사(현 성환 감리교회 자리)를 건립하고 많은 일본인을 이주시켰다. 또 성환에서 안성으로 가는, 성환에서 장항으로 가는 철로를 계획했으나 실행으로 이어지지는 못했다. 훗날 천안에서 출발하는 장항선과 안성선이 건설되었지만 안성선은 다시 폐쇄되었다. 성환역 부근 철도부지 성환리 449번지가 이를 잘 대변하고 있다.

일본군이 케시보오즈야마(罌栗坊主山)라고 가칭(假稱)했던 월봉산 정상 바위는, 성환에 주둔한 053부대가 신작로에 깔 자갈로 쓰기 위해 1966년 폭파했다. 당시 우리는 월봉산에서 폭음이 들리면 밖으로 나가 흙먼지 연기와 바위 잔해가 솟구치는 장면을 구경했다. 그렇게 좋았던 너럭바위 봉우리가 무참히 깨져 사라졌다.

지금도 월봉산 봉우리 북쪽 기슭 중턱에는 주민들이 약수터로 이용하는 작은 샘이 있다. 돌 틈에서 맑은 물이 졸졸 솟아나는 옹달샘을 중리 사는 남이용(南利用) 옹이 산봉우리 바로 밑에 절을 짓기 위해 옹달샘을 조금 더 깊게 파서 샘으로 만들었다. 약수터 주위와 월봉산 곳곳에 삼나무가 우거진 것은 사방공사가 전국적으로 한참일 때, 성환면사무소에서 보내온 묘목을 중리 사람들이 당시 제민고등공민학교 학생들과 함께 심었기 때문이다.

1894년 7월 30일 성환전투에서 패한 청나라는 다음 날 7월 31일 일본과의 청일수호조교를 무효화하고 국교단절을 선언했다. 반면 성환전투에서 승리한 일본은 1894년 8월 1일 공식적으로 청국과 일본 간의 전쟁을 선포하였다. 그리고 9월 15일 일본군은 이때도 평양성을 야간 기습해 청국군의 항복을 받아냈다. 청국군 잔존 병력은 평양성을 빠져나와 의주로 후퇴했지만, 사망자 2,000명, 부상자는 4,000명에 달했고 일본군은 500명의 사상자를 냈다.

풍도 해전, 영국 기선 고승호(청국이 군대를 조선으로 수송하기 위해 대여한 선박인데, 1천2백 명의 병사와 보급품과 장비를 싣고 있었음)를 납치 침몰시킨 일본 군함의 함장은 도고 헤이하치로였다. 후일 러일전쟁 때 일본 해군 제독으로 참여해 러시아 발트함대를 조선해협(대한해협)에서 모조리 침몰시킨 일본의 전쟁 영웅이다. 도고 헤이하치로가 가장 존경한 인물이 이순신이었고, 이순신 장군 전기는 일본에서 처음 나왔다. 이때까지 이순신은 조선에서 잊힌 인물이었다.

황해해전을 압록강 전투라고도 부르는데, 1894년 9월 17일 청국해군의 북양함대와 일본해군함대가 압록강 하구에서 맞서 싸운 청일전쟁에서 규모가 가장 큰 전투였다. 화력의 위임에도 해전에서 패한 북양함대는 여순으로 피신했다. 청나라군의 피해는 10척의 군함 중 5척이 침몰, 3척이 파손, 사망자 850명, 부상자 500명이었고. 일본군은 군함 4척 파손, 사망자 90명, 부상자 200명이었다. 또 단둥 전투에서도 일본군이 승리해 만주로 진격할 수 있는 발판을 만들었다.

1894년 11월 21일부터 12월 10일까지 일본군이 여순항을 점령하였다. 이때 야마지 모토하루가 이끄는 제2군 1사단에 의한 청나라군 패잔병을 소탕하는 과정에서, 여순에 거주하고 있던 군인과 민간인 20,000명이 학살되었다. 이것이 유명한 여순 대학

살이다. 이어서 일본군은 1895년 3월 26일 타이완 부근 펑후 제도를 점령하였고, 3월 29일에는 대만을 점령하였다. 따라서 동중국해는 사실상 일본의 영역이 되었다. 청일전쟁에서 승리한 일본은 1895년 6월 17일 대만총독부를 설치하였다.

청일전쟁 양국의 전력과 손실 비교
청나라 병력 350,000명. 전함 37척, 전사자 30,000명.
일본 병력 240,000명, 전함 52척, 전사자 13,000명.

청일전쟁에서 승리한 일본은 1895년 3월 20일부터 야마구치현 시모노세키에서 청나라와 일청강화조약을 의논하기 시작했는데, 4월 17일 일본 측 이토 히로부미와 청나라 측 이홍장이 조약을 체결했다.

일청강화조약
1. 청은 조선이 완전한 자주독립국가임을 승인한다.
2. 청은 요동반도, 타이완 펑후제도를 일본에게 할양한다.

3. 청은 일본에 전쟁배상금 2억 냥(3억 6천만 엔)을 지불한다.
4. 청은 모든 항을 개방하여 일본인 무역 자유를 승인한다.

  일본이 받는 전쟁배상금 2억 냥은 당시 청나라 예산 3배, 일본 예산 4배였다. 4월 23일 일본은 청일전쟁에서 얻은 랴오둥반도(요동)와 타이완을 강화조약으로 차지했으나 러시아, 독일, 프랑스의 외교적 개입으로 1895년 11월 8일 청나라 대표 이홍장과 일본 대표 하야시 다다스가 랴오둥반도 반환 조약을 맺었다. 이때도 일본은 3천만 냥을 받고 청나라에 되돌려주었다. 그러나 일본은 1895년 4월 17일부터 1945년 10월 25일까지 대만 타이베이시에 대만총독부를 세우고 50년간 식민 지배하였다.

  이로써 중국 중심의 질서가 종지부를 찍고 조선은 청나라 종주권에서 벗어났다. 무엇보다 반가운 것은 헐벗은 조선 백성의 피를 무자비하게 뽑아가던 청나라 조공이 사라진 것이다.

청일전쟁이 한창일 때 1894년 11월에 2차 동학농민란이 일어났다. 전봉준의 남접과 손병희의 북접이 합세한 동학농민군은 30,000명이었고, 진압군은 조선군 2,000명과 일본군 1개 중대 200명이었다. 동학농민군과 진압군이 공주 우금치 일대에서 맞붙어 싸운 것이 우금치전투다.

이때 동학농민군은 구식 총(화승총)으로 무장했으며, 총 맞아도 죽지 않는다는 부적(노랑 바탕에 빨간 글씨로 쓴 궁을(弓乙)을 몸에 붙이고, 시천주 조화정(侍天主 造花定) 주문을 큰소리로 합창하며 진격했다. 하지만 앞서 진격하던 농민군이 총 맞아 사망하자 나머지 농민군은 각자 흩어져 정신없이 도주했다. 이 전투에서 동학농민군 중 8할이 도주했고, 2할이 전사했거나 부상당했다.

동학농민군 패인은 훈련 부족과 무기 열세와 부적에 대한 믿음이 깨진 것에 있다. 앞장서서 농민군을 이끌던 지도자들이 전사하지 않고 하나같이 도주한 것을 보면 그때 상황이 어떻게 전개되었는지를 미루어 짐작할 수 있다. 우금치전투에서 일본군 전사자는 단 1명이었다.

1880년 이동인이 처음 성냥 한 갑을 일본에서 가져와 고종에게 진상했다. 10년 후 일본 상인이 성냥을 궁궐에 납품했는데, 가격이 쌀 두 말값으로 너무 비싸 백성들에게는 말로만 전해졌다. 이때 동학 민중 봉기 진압을 구실로 청나라를 견제하기 위해 조선에 진주한 일본 군인들이, 성냥을 가지고 다니며 손쉽게 불을 피워 조선 백성들이 크게 놀랐다. 한국은 1915년 일본인이 인천에 성냥공장을 세워 대중에게 보급되기 시작했다.

청나라 군대와 일본 군대를 불러들이는 단초를 제공한 동학난, 동학농민운동 기록물이 2023년 5월 18일 프랑스 파리에서 열린 제216차 유네스코 집행이사회에서 세계 기록물 유산으로 등재가 결정되었다.

오늘의 대한민국은 중국, 일본, 러시아가 마음대로 건드리지 못하는 경제적으로 강한 나라로 변했다. 고래 싸움에 등 터지는 새우처럼 눈치 보던 시대는 이미 사라졌다. 고려 시대, 조선 시대는 중국의 문물을 받아들인 적도 있지만, 지금은 오천 년을 이어온 문화에 한민족 서정을 결합하여 현재의 한류 문화를 만들어 냈다. 그러자 발전된 대한민국 문화를 부러워하던 공산주의국가 중국이 동북공정(東北工程)을 내세워, 대한민국의 문화가 중국의 것이라고 억지 부리고 있다.

"새는 하늘을 나를 때가 가장 자유롭다. 세월이 아무리 흘러도 가슴속에 새겨져 변하지 않는 추억처럼, 기술과 문화가 파도치는 선명한 미래는 자유민주주의 나라, 대한민국을 기다린다. 사람들아, 늦기 전에 어서가자."

이름 없는 전쟁

벌거벗은 칠월의 비린내
풀잎 향기는 사방으로 흩어지고
명령에 길들어진 병사들은
꽃잎 따 문 바람으로 유회하는

죽음을 등에 짊어지고 진격했다

세상을 평정하자는 그 말에
가슴 깊이 지른 빗장을 뽑아내도
끝없이 밀려오는 황토 빛 갈증
짓밟힌 풀잎마저 낯선 땅에서
노을이 고향에 두고 온 그리움인가

삶과 죽음의 갈림길에 서 있는
병사들은 새날이 온다는 믿음으로
질긴 인연을 서슴없이 끊어내고
장렬히 소멸하는 유성처럼
저마다 하나뿐인 목숨을 던졌다

전쟁의 불길이 꺼지고
젊은 영혼이 멀리 날아갔어도
나무 끝에 붙어있는 저 별은
아예 움직임이 고정된 눈동자
뜨거운 눈물이 차갑게 부서졌다